雪鴻集

丁穎詩集

丁穎全家福。

（右）作家李敖，（左）詩人丁穎。

1987年攝於高雄佛光山大雄寶殿前，右起小說家朱夜、詩畫作家亞嫩、詩人丁穎、作家劉經典。

左起作家許希哲、陳薇、王中原、丁穎、王北固、于凌波。

濁流溪畔四劍客，左起詩人彩羽、方艮、丁穎、周伯乃。

自序

　　我是個生活恬淡的人，但興趣卻是多方面的。游泳、騎馬、打球、養小動物，都是我的喜愛。寫詩也是我生活的一部份。隨著歲月的流逝，人生的季節已跨入冬的邊緣，過去的興趣與喜好，均漸離我遠去，唯獨對詩還是一本初衷的執著。雖然近年俗務羈身創作不多，但在百忙中我還是不能忘情於詩。雖然生命自燦爛歸於平淡，而詩仍是我心靈唯一的慰安。

　　小時候並未想到要做一個詩人，只是想做一個懸壺的醫生，原因是先慈患急症因請不到大夫而去世，這件事給我小小心靈烙下沉痛的記憶。對詩發生興趣，大約是十歲左右，偶讀章回小說《雪鴻淚史》以及稍後讀《紅樓夢》，深為書裡詩詞所感動，後來又讀唐詩宋詞，更加深我對詩的喜愛。八年抗日期間，我流亡負笈在外，偶有塗鴉，只是一個大孩子思鄉的告白。

　　那些不成熟的作品，隨寫隨擲，很少保留。真正寫詩，是1949年到台灣後，由於人地生疏，語言不通，加上現實生活的困苦，處在這樣一個陌生的環境，心靈的苦悶與思鄉情懷，只好借筆墨以發泄。所以那一段時日詩作特別豐富，其題材和內容除青年人追求的愛情，就是一個浪跡天涯遊子的鄉愁！我曾在自己早期《文拾集序》裡這樣寫著：「苟性命於亂世，閒以詩詞自娛，偶有操觚，乃抒異鄉之情懷，慰客邸之寂寞耳！」

我這兒幾句話可窺見我寫詩的心路歷程。

我的詩嚴格地說，大致可分三個時期。早期的作品仍未脫傳統詩的手法，在形式上大多是屬於商籟體的十四行詩，而且都押腳韻，甚至有時還寫些古體詩的長短句。這時期的作品大多收在我第一本油印詩集《不滅的殞星》裡。50年代我的詩風格上有所改變，即捨棄韻文工具，改用散文工具寫詩。這一時期的作品，大都收在《第五季的水仙》這個集子裡。70年代以後，我因經營藍燈文化公司，每日忙於「扎頭存」，兼為報刊寫時評，而完成的詩作不多，在僅有的20餘首作品裡，所呈現的風貌均與往日不同。收在這個集子裡的《雪戀》、《廬山之夜》等即是其中的數首。這個集子裡的詩都是我晚期的作品，大多是我參加三月詩會那幾年完成的。其風格與過去也有所不同，說它完全是寫實主義也不為過。另外我將早年寫的舊詩詞僅存的幾首，和我近年提倡的古體新詩，單獨編一組收在這集子裡。

最後附錄三人對我的詩評三篇，我評高準詩「民族文學的良心」一篇以殿後。

此書承張琡英小姐代為打字、美術，詩人畫家亞嬈女史主編，在此一並致謝。

最後，特別感謝秀威資訊出版這個集子，這也是我今世最後一本書。

丁潁行年九〇有一

民國108年元月於文化城　夢痕齋

CONTENTS

附錄

輯一

現代詩

梅花

你是春的使者
當你的笑綻放枝頭
春，隱隱綽綽，就在
你朦朧的身影裡

人們說你是四君子之首
一身傲骨，在風雪中挺立
披一襲羅衫素衣
白裡映紅，更顯冷豔清麗

難怪那個寫「暗香浮動」的
詩人，以你為妻
如今，有人尊你為一國之象徵
但願你的傲骨，永遠不折不屈

癸巳年荷月於夢痕齋

春風

看不見，摸不著
只是給人一種感覺
當妳盈盈自晨曦中
姍姍而來

一路散播著溫柔，舒適
喚醒冬眠的生命
沈睡的種子已醒來
爭先恐後，探頭張望
昂昂然，以不可測的生之動量
給大地抹上一片新綠

遠遠地，我聽見妳的笑聲
飄落於那報春的梅林

民國102年仲春於文化城夢痕齋

春到人間

梁間燕子銜來訊息
妳像貓的腳步
悄悄地走過我窗前
小雨過後，一夜間
園子裡枝椏抽出新綠
啊！我知妳來了

妳來了
大地漸漸復甦
沉睡的生命已醒來
小草從泥土裡
伸出頭來張望
蝶兒為妳起舞
鳥兒為妳歌唱
花兒為妳展開笑靨
好一片向榮景象

妳來了
風溫溫柔柔
吹得人懶懶洋洋
欲睡，欲醉
躺在妳懷裡
遂有一個小小的午寐

妳是誰
紅男綠女說
妳是　　春

庚寅年於台灣文化城夢痕齋

春的誘惑
——為三月詩會二十歲而寫

年華雙十，綠油油地
芳齡，渾身都是誘惑
媚，嬌，軟玉般肌膚
散溢著淡淡溫香
古今多少騷人墨客
英雄豪傑
莫不欲一親芳澤
醉於妳無以形容的魅力

我們這些七老八十的
流浪漢，所謂詩人
每月第一週末，聚在
數坪大的房間裡
一邊喝著金門高粱酒
一邊對妳評頭論足
甚或檢視妳每個細胞
只因為對妳情有獨鍾
以及，那不可言喻的誘惑

落花

流星雨
情人淚
和著鵑啼
染紅暮春風景

妳是莊周夢裡
飛出的蝶
蹁蹁躚躚，舞老
一季春

建國百年暮春於台灣客邸

初夏

風不知從那裡來
也不知往那裡去
只是給人一種感覺
穀雨過後^(註)
高粱剛播下種子
而小麥就揚花了

柳絮起舞
青梅還小
池塘裡蛙樂隊
金鼓齊鳴
熱熱鬧鬧的奏起
時序的進行曲，迎接
夏的來臨

庚寅年4月於文化城夢痕齋

註：穀雨後十五日是立夏。

梅雨

飄著，非露，非霧
就是那麼濛濛地
飄在大地，綠了風景
飄在梅林，黃了成熟
可是呀！飄在我的心湖
卻像一面沉沉地網

一切都是那麼濕濕漉漉的
濕漉的空間，濕漉的愁緒
五月的風吹不散凝結的陰曀
多希望，有一抹初夏的陽光
曬乾帶著濃濃霉味的
讓人悒悒不快的日子

　　　　　　　　民國101年歲在壬辰於台灣客邸

西風

亞熱帶，不見
雁行南飛
但清秋之夜
冰何在天，冷月窺人
我仍可聽見，你悉嗦
的步聲

當妳走過
霜染的菊徑
捲起幾片落葉
目光蕭殺
臉色蕭蕭
卻有些寒意襲人
妳亮麗的冷峻
殲滅枝頭的蟬歌

因而
紅葉更紅
黃花更黃

我，最喜妳
那不熱不冷
若隱若現
一絲淡淡地愁緒
淡淡地秋之情懷

民國99年8月於台灣文化城夢痕齋

聖誕夜

如今，是寒梅吐香聖誕花醉
妳知道嗎？上帝的慈愛，就在這
火樹銀花的夜晚悄悄降臨

因而，我明白生命的意義
更懂愛的真諦
於是，我默默地背起十字架
品嚐愛的苦杯

今夜，我像往年一樣
帶著深深地懷念
為妳祝福，不知妳是否？
還記得，一個流浪異鄉人

夜明珠

小時候，常聽
老祖母說，我家
那個老舊大宅院裡
有一顆夜明珠
夜晚把滿院照得通明
它可是無價之寶啊
而我從來沒有見過

長大後，才知道
那是土裡一塊瑩石
老祖母卻說成夜明珠

近年來，在我國
新疆北部，一個
廢棄的礦坑裡
發現一塊大瑩石
切割琢磨後，它成為
重達六公噸一個圓球

在夜晚它底毫光
可映照著閱報讀書
我想這該是，如今
世上最大一顆夜明珠

民國102年7月於台灣夢痕齋

追念

記憶裡
慈顏已是很模糊了
當春風吻著我的臉
我仍感到
母親那雙粗糙
手的餘溫

建國百年歲在辛卯於台灣客邸

後記：余齠齡失恃，今逢先慈百二十歲冥誕，爰書數行以表追思。

流浪的魚

在時間的大海裡
我是一尾流浪的魚
四海為家，隨遇而安
倒也自由自在
有人說你應去躍龍門
那樣會身價百倍

穿過時空的隧道
從塵封的書頁裡
我看見韓荊州那種架勢
可敬的詩仙，亦復可憫

我非李白，何須要
那階前三尺之地
放眼四海，大多是
營營苟苟
到處鑽營，以求進身

而我在紅塵萬里

在風浪之間

在流光匆匆而逝

我寧願做一尾流浪的魚

己丑年5月於台灣文化城

四季小詩一束

春
當沉睡的種子在
晨曦裡漸漸醒來
微微地我聽見
生命的脈動，沛然
給大地抹上一片綠

夏
當發依頓 (註1)
駕馭日輪欲施恩人間
卻燒焦了整個春天
伏爾康又點燃滿眼榴花 (註2)
夏，乃從火燄中姍姍而來

秋
是誰將楓紅剪貼
在少女的雙頰，於是
整個的宇宙都醉了
以全燃的感情
以西風之姿
繪成一季詩意的秋

冬
當冰雕玉砌給
大地換上銀妝
那是北國風光
亞熱帶的島上，只有
在大雪山才能窺見她的倩影

民國103年歲次甲午於台灣客邸

註：（1）發依頓（Phaeton），希臘神話，日神之子。
　　（2）伏爾康（Vulcan），火神。「榴花」台灣少見，安徽家鄉，大
　　　　 片石榴園五、六月間榴花盛開，一眼望去一片火海，故有「五
　　　　 月榴花照眼紅」的說法。

我家大宅院
——獻給外祖父母在天之靈

（1）

在我小傳裡，有句話

「髫齡失恃，養於舅氏」

我雖自幼，生長在外祖父家

但我從未見過外公外婆

先慈是外祖父最小的掌上明珠

外祖父母疼愛有加，村裡人

皆稱母親為三姑娘

出閣時，嫁妝

就是外祖父家，前面

一幢二進的大院子

有些花木果樹

大門樓子特高，青磚砌成的

燕雀常於上面營巢，飛來飛去

（2）

我出生時，外祖父母已去世
三歲前的事，我全無記憶
只記得四五歲時，夜晚
常躲在大舅房裡，聽他

講述「濟公傳」裡故事
大舅在前清好像有點功名
但不是舉人、秀才，人們稱他
「拔貢」老爺，我的啟蒙老師
敬齋先生亦是「貢生」出身的

（3）

母親駕鶴西去時，我正在髫齡
俗語說「一個外甥半個兒」於是
我就由舅父母撫養成人
當我記事時，舅母常講起
我家大宅裡一些傳說
有狐仙、黃鼠精、夜明珠等等的
可從未聽說起
外公外婆的事，因此有關
外祖父母的生平，我一無所知
而堂屋正廳，卻供奉有

外公婆的神牌位，牆上
懸掛一幅著清官服的畫像
不知是否就是外祖父

（4）
倭寇侵華，離亂年代
在烽火中，揮別生長我的大宅院
於今七十餘載，蓴鱸之思
常縈胸際，今秋得以惝返故里
我日夜夢想的大宅院啊
已無蹤無跡
不見半片殘磚斷瓦，
這就是人常說的「滄海桑田」吧

民國102年歲在癸巳仲秋於台灣客邸

鐘鼓之讚

鼓聲鼕鼕，予人以昂進奮發
在鼓面前，會變頹廢
為振作，變消沉為興起
在此末世，你足以振聲

鐘聲悠揚，予人靜穆和平
鐘啊！站在你面前，使人
化暴戾為祥和，化殘虐為仁慈
在此亂世，你足以啟聵

你是萬樂之首，眾音之美
承古今之教化，蘊人生之妙境
因而晨鐘暮鼓，彌足珍貴

辛卯年八月於台灣客邸

落葉
——哭詩人方艮

像一片落葉，無聲無息
悄悄地你走了
留給我們的是
不捨與哀傷，以及
你那飄逸，清麗的詩篇：

（雨中）
三月的路上猶似故國的秋涼
北歸的里程，不見春的陽光
遠處煙雨不散，望鄉如夢中
唉！島上一夢十年
我們是兩個瘦瘠的異鄉人
並肩、緩步，偶爾對望
細雨微微斜過
那雨，茫茫的雨
別去遮它
那是遮也遮不住的鄉愁

重讀你六十年前贈我的詩

抑不住盈眶熱淚

為之泫然

那時剛來島上不久

我們還年輕

正是尋夢的年齡

雖然窮困

滿懷希望

我們雕刻夢想

雕塑一個燦爛的明天

多少個靜謐美麗的黃昏

你我坐在濁流溪畔

天南地北，話著愛，話著詩

話著一個金色的未來

凝視那滾滾的濁流

我們卻低吟著：

「滄浪之水濁兮，可以濯我足

滄浪之水清兮，可以濯我纓」

多少個夜晚

我們買醉荒村野店

就那麼衣冠楚楚的

蹲在長凳子上

澆胸中愁，話失意事

你我像兩隻蟄伏在冬土下的蛹

困於一團漆黑

哪年，才能破土而出

飛向遼闊的藍空

祗待一場綿綿的春雨

曾幾何時，一聲春雷

你真的脫穎而出了

飛舞在島上的詩壇

飛向那東昇的朝陽

註：（朝陽）為方艮第一本詩集。

秋水・多讓人不捨
——贈靜怡

讀了妳編者的話

一顆心沉甸甸的

有一種不捨

有一些失落

也有些無奈

人活著總難免

不為二豎所苦

生死是物之理數

誰也難逃這大自然的規律

只要我們的心靈

清澈如秋水

明潔如秋月

在未來審判的日子

面對上帝也一無羞愧

生命如一束煙花

稍現即逝

但只要燦爛、絢麗過

留給人以美，以追憶夠了

毋須感傷！沒今天的落紅

那有明春的花開

人生如夢，夢中能畫下美的句點

即使夢不醒也無所憾吧

民國98年於文化城夢痕齋

風景畫

色彩與線條
深淺與濃淡
構成一幅人生的風景畫
從萬里冰封
千里雪飄的北國
到煙雨迷濛
鶯飛草長的江南
從荒烟大漠
到藍天碧海
有萬花競芳的春
有滿目蒼綠的夏
有漫山楓紅的秋
有白雪皚皚冰雕玉砌的冬
這片風景，這一幅人生風景畫
多美，多嬌
而我們只是旅人，匆匆走過
從未駐足欣賞，從未細心留意
一瞬間，風景離我們遠去
或者，我們遠離了風景

淡寫紀州庵文學森林

有緣。得一睹你的容姿

百年滄桑，你在風雨中挺立

雖有些疲憊，風韻依然尚存

讀你，可窺知歷史的點點滴滴

讀你，可蠡測未來歲月的行跡

在物慾橫流的今夕

還有人為堅持心靈培養而努力

把你規畫成小而美的文學園地

辛勤耕耘，細心撫育

終年飄著書香，每日有人抒寫心意

千百年後，在這方小小園地

但願，仍能聞到藝文的氣息

民國101年6月於台灣文化城客邸

後記：應台中市府「文學之旅」之邀，參訪「紀州庵文學館」，其建築為
　　　日據時代遺留之木屋，現由封德屏等先生策劃修葺，作為未來文藝
　　　之家，在追求物質享受，文學沒落的今日，封先生等有此理想，可
　　　謂是有心人，為之感動，而根觸良深，爰草此小詩以記之。

老朽

行年八十有六
如果人生七十纔開始
他還是個少不更事
不識愁滋味的　苗

時間，留不住
看不見它悄悄而去
卻留給我許多許多
漂亮的斑紋

一片老薑
越嚼越夠味
這就是老的可貴
別再為逝去的青春嘆息

民國103年歲次甲午蒲月於台灣客寓

變與不變

變
不變
乃恒變
從無變有
從有變無

元起元滅
方生方死
生生不息
龍飛於天
魚躍於淵

觀其變知其不變
此乃乾坤長存
變與不變，為之常

民國101年歲在壬辰於文化城客寓

走在雨中

秋。微雨
濛濛的夜色裡
一個朦朧的身影
踽踽涼涼，低低地
帽沿下，覆蓋著
一張蒼白落漠的臉
人們說他是詩人
他在尋找，尋找
曾經失落的
拋在背後的腳印
是一串串刻骨銘心
蕩氣迴腸的記憶

生命的樹

西風裡，一片片
飄逝的落葉
一如每一個流浪的日子
以及那永不再來的青春

如今，賸下的
乃一光禿蒼老的軀幹
仰望著蒼穹
以一種無奈

但當春來時，枝柯間
又呈現一片鬱鬱新綠
一如我濃濃地鄉愁
覆蓋著
每一寸童年的記憶

浪人吟

在夢中
我種滿鄉愁
以淚灌溉
當我醒來
那盛開的
鮮麗的花朵
都是兒時的
記憶

皺紋

時間的輪子
輾過風霜累積的額頭
那縱橫的軌道
是歲月的腳印
亦是勞苦的痕跡

別了！秋水

時間的長河四十年不算長
人生的旅途四十年不算短
妳我像飄萍聚散只因一陣風
妳伴我渡過多少月圓月缺
多少日出日落晨昏陰晴
風雨燈窗，與妳面對
聽妳娓娓低訴千萬智慧
凝結的詩之結晶

有時我也述說我的愁，我的情
以及，那孤寂的心靈
如今，妳向我揮別
難忘妳閨秀的婉約韻緻
難忘妳淡雅清麗的姿容
我雖不捨，妳去意已堅
千萬情絲繫不住疾馳的玉驄

在這餞別的酒會上
不忍聽那惹惆悵的陽關三疊
不忍聽那哀婉的驪歌聲聲
且舉杯，祝妳不惑之慶
一路順風
雖然妳走進不朽的歷史

但妳的倩影卻永留在我心中
千百年後，人們從妳可窺見
今日的風貌
妳給時代留下了不滅的見證

民國102年7月6日於台灣夢痕齋

石的傳說

關於你的傳說複雜萬端
不知你在天地間已幾多萬年
你的族繁多,諸如
鑽石水晶瑪瑙及美玉
皆是你的兄弟姐妹
你大至山嶽海島
是畫家筆下的瑰寶
你小至克拉分毫
是貴婦們的最最愛好

有人說,你頑冥不靈
生公說法你居然點頭
可見你有靈性且能會意
難怪那個「著書黃葉村的」 (註)
落拓才子,為你寫了一部傳記
你原是青埂峰下一塊頑石
卻成了曹霑筆下通靈寶玉
因而寶哥黛妹,寫情記愛

給人間留下一樁悱惻淒美的傳奇

三百年來，賺取多少
痴情小兒女的熱淚
多少學人專家
煞費苦心考證研究你
但至今也沒有個結論
仍是眾說紛紜
其實，你祇是千萬
礦物質中的一種
凝結而成的物體

民國102年7月於台灣夢痕齋

註：「黃葉村」在北京香山，為曹雪芹生前寫「石頭記」的居處。其好
　　友敦誠寄懷曹氏詩：「勸君莫彈食客鋏，勸君莫叩富兒門，殘羹冷
　　炙有德色，不如著書黃葉村。」

夢之零縑

1.

不管怎樣黑暗，只要
我們心靈的燈不滅
仍然可以看見光明

2.

如果生活像杯白開水
怎麼品嚐都淡而無味

3.

歇斯底里的囈語者
人們說他是詩人

4.

夕陽像個喝醉的漢子
在水天之際蹣跚而行

5.

妳的美，讓我忘記
東、西、南、北，如果

有永恆，我願就此長眠

6.

小丑的功能是逗人開心發笑
但有一種小丑讓人生厭
那就是政治小丑

7.

在無是無非的現世
看不見光明的不是視覺
而是人被黑暗蒙蔽的心

8.

太陽的本身就是個發光發熱體
他不需外來的光與熱

9.

與其努力開拓往天堂的路
何不關閉地獄的門

10.

與其砍伐罪惡的梢
何不鏟除罪惡的根

民國99年6月於台灣文化城夢痕齋

失落的天倫

我們這一代

所謂新新人類，沒有誰

還記得反哺跪乳之情

更別說臥冰、溫席等等的

什麼五世其昌，五代同堂

都已成為歷史名詞

干俺新人類底事

新人類以自爽為中心

想啥就幹啥，就是沒想過

「哀哀父母，生我劬勞」

於今，養老院越來越多

單身貴族也越來越多

無後為大，那是古人說的

詩廢蓼莪，也是古人說的 ^(註)

呵！我們新人類才不管這個

一雙雙孤單昏花的老眼

天天倚閭，盼有年青的步聲歸來

不奢望含飴之樂，祇想

祇想說說話兒，以慰老境

可是呀！孝親日漸日鮮
棄養卻是常見聽聞，在一群
行將就木的身影裡，還有人
尋尋覓覓，試圖找回失落的天倫

民國101年8月於台灣文化城夢痕齋

註：王褒與顧歡，每讀詩至蓼莪篇，思父母養育之恩，輒痛哭流涕者
　　三，其門人感之，遂廢蓼莪不讀。語見晉書孝友列傳與南齊書高逸
　　列傳。

兩岸

只那麼，盈盈一水
阻斷四十年的骨肉、親情
兩種形態，兩種制度
兩種不同的生活模式
寫下歷史上從不曾有的
人倫悲劇

如今，欣聞開放探親
那魂牽夢繞的故園啊
是否已面目全非
今夜，我急欲乘風歸去
面對羞澀的行囊，以及
關山迢迢，雲水茫茫
以一種黯然，無奈
讓淚偷彈在午夜夢迴

民國76年11月10日

雪戀

一別三十載，如今重逢異邦
我擁抱你於零下九度的溫哥華
你輕吻著我的面頰，柔柔地，濕濕地
伴著盈框熱淚，流入我童年的甜蜜

你繽紛的舞姿，依舊輕盈美妙
而我已腳步蹣跚，兩鬢飛霜
何年能擁你於故國
我當高吟著陶潛的「歸去來兮」
攜你載欣載奔

雪啊！你是我少年的情人
還記得躺在你懷裡嬉戲
在你冰肌玉體上打滾
臘月除夕
伴你與家人圍爐共聚
今日你我邂逅他鄉
卻沒有家人相陪

雪啊！你重燃我少年的戀情
亦撩起我積在心頭三十年的鄉愁
以及，對大明、西子的懷思

今夜，你的裙裾會飄過北中國的原野
留我在千萬里外，悵對滿天風寒
再度和你揮別

民國69年12月8日於南美洲旅次

後記：1980年12月6日由東京飛抵加拿大，冒風雪游溫哥華公園，臨山環
　　　水，頗有西湖風貌，是夕轉飛祕魯，根觸之餘，感而作此。

真與假

三一九。全世界騰笑的
一日。小丑們正聲嘶力竭
上演著一齣民主的鬧劇
砰然一聲槍響
驚亂那沸騰的人潮
擊碎一位貴公子登大寶的
美夢，把一個三級
貧戶貪婪的窮小子
送上大位，人們一片
嘩然，叫囂，抗議
綠的說那是藍紅聯手
共同的政治謀殺
藍的說那是自導自演
爭吵一陣子，熱鬧一陣子
當時間兔脫而去
記憶褪色，熱度冷卻
那種真假的激情也漸漸淡忘
可憐那個無辜溺斃的冤魂
不明不白的，而永沉冤海底

無奈的黑夜，有人暗暗哭泣
南線專案，秘密外交
只是一種A錢的戲法
但在司法的天秤上也被扭曲
當後人讀到這段歷史時
是否能還給世人一個
明明白白的真假呢

民國99年7月於台灣夢痕齋

註：三級貧戶登上大位，因貪污坐牢至今。

真與假

一株榕樹盆栽

窗前一株榕樹盆栽
是三十年前
母親所手植
它枝葉茂盛
且形態宜人
如今母親去逝多年
我每日出入，總是
要看上他一眼，或者
用手摸摸它的枝葉
而母親的音容
又浮現在腦際

有天它突然不翼而飛
是否遭樑上君子光顧
急忙詢問妻
她說，為讓它成長
空間更大一些
將它送給一苗圃人家
雖知它的下落與平安

而心中仍依依
現在我每日出入
還是要向原放置盆栽
空地方望上一眼
總是有一種失落
我想失落的不是一株盆栽
而是永不再見的一份親情

民國99年3月於台灣文化城夢痕齋

祝「秋水」長流

在歷史上的長河，你走過四十年
經歷了風風雨雨
見證了時代的興革變遷
你給多少苦悶、寂寞的
心靈，以溫情，以慰安
突然，你說太累了
須要休息
休息是為走更遠的路
如今，你重新出發
但願一本往昔
清純、柔美，容顏依舊
祇因你是島上詩壇，一道清流
不偏不易^(註)
不左不右
涉千山，越萬壑
淙淙潺潺「秋水」長流

歲次甲午年於台灣夢痕齋

註：「不偏之謂中，不易謂之庸」即中庸之道。

歲月

自我呱呱降生
妳就一路伴我同行
看不見妳的影
窺不見妳的容
不管風雨，陰晴
不管春夏，秋冬
妳伴我跋涉千山萬水
伴我走過多少坎坷旅程

妳終日與我耳鬢廝磨
共看月圓月缺，共賞花開花落
一同湖上泛舟，隴上放歌
妳我共分悲歡，同享憂樂
欲與妳繾綣一生一世
曾經何時？妳悄悄偷走我
似錦年華，把青春
壯志消磨

妳默默地棄我而去
沒有眷戀，也不曾回眸
留給我一頭白髮
滿臉皺紋，以及
渾身病痛，每日不離針藥
此刻才猛然驚覺
歲月不居，光陰似梭

民國103年歲在甲午於台灣客邸

春酒

斟滿綠螘留春住^(註)
春卻悄悄溜走
料峭東風裡
且舉杯，暖暖心頭

春酒，春酒
既澆愁，亦解憂
是一種特有文化
人間溫馨的交流

春酒，春酒
曲水流觴
低吟淺唱
高雅應酬
今日何日
一醉方休

庚寅年元宵於台灣文化城夢痕齋

註：「綠螘」酒的別名。

旅途

疾風，閃電
流火燃燼人生瞬間

沿途風光如此美好
路傍花兒綻放笑靨
何不停一停
慢慢欣賞
匆匆，匆匆地趕往明天
明天是何容顏

明天未曾稍留
又匆匆趕往終站
終站是何模樣
天堂？地獄？
都在一念

建國百年8月於台灣客邸

秋的懷想

1.

妳秋潭似的雙眸
清澈如鏡，映照
一個行吟者的投影，及
戀曲未譜完的離愁

2.

是誰把楓紅剪貼
於妳的雙頰
以全燃的感情焚燒
一季讓人懷念的秋

3.

枝頭的蟬歌已息，別再唱
那惹惆悵的陽關，當藍空
閃爍無數星盞，那彎新月
正懸於妳緊鎖的眉梢

4.

人生的大漠，衰草寒烟
五千年後，有誰知妳我
曾邂垢這荒村野店，在此稍立
跋涉中，妳是力，是杖，是一抹綠意

5.

歷史延伸著，生命延伸著
在這迢迢地路上，我擷拾
一片一片詩的落英
裝點行囊，滋潤靜寂的心靈

6.

秋水長天，征雁過盡
沒有一絲春的訊息
在遙遠，遙遠的雲間
隱隱綽綽有妳婀娜的影

7.

妳本冰清玉潔，謫落紅塵
芸芸眾生，妳擇善而從
眾花媚俗，惟妳
不在千紫萬紅中

8.

輕裘沽酒，黃花有約
相逢何不買醉
執手相看，又為何
別離得如此匆匆

9.

猶記紅袖添香，西樓細語
如今空留繫念，空留追憶
任年華老去，歲月流逝
流不去那短短地美好往昔

10.

何事縈懷？何事鬱鬱
收拾起悲歡，有酒堪醉
明日，且尋夢天涯
將愁緒都付與行雲流水

浮生三嘆

年青時，行囊裡
有賣不出的愛情
賣不出的詩

壯年時，行囊裡
有賣不出的鴻鵠之志
與經天緯地的壯懷

如今鬢飛霜，髮蒼蒼
行囊裡只賸下孤寂
以及落寞

訪客

兩次未參加三月詩會
這是我一個大的損失
也許是詩的牽引
豔陽高照下，不遠百里
你們翩然蒞臨
遷居大雪山下
四十年，你們是第二批客人
逃空谷者聞跫音，欣然而喜
何況我不是個
「漱石枕流」的人
你們的來訪，帶給
我這書畫零亂的小屋
無限的慰安及溫馨
人生的旅途
詩、友誼，是鼓舞我
前進的力量與勇氣

民國103年甲午歲次於台灣夢痕齋

註：詩人台客文林、金筑、蔡志昌聯袂來訪

失知

祇因一時失知
暈跌在地
沒有痛苦，沒有感知
倘若就這樣一跌不起
未嘗不是一種福份

當我悠悠醒來
正躺在急診室
額角一點輕傷
似也不礙事
可忙壞了醫生護士
抽血、注射、打點滴
心臟、神經、肝與肺
透視、掃描、核磁共振
這檢查、那會診

折騰了整整一天
原來，只是腦血管有點小問題

民國103年甲午歲次於台灣夢痕齋

浮世圖

神經錯亂的街頭
浮動、擁擠著一些
黑色、綠色的幽靈
以千奇百怪的伎倆
表演一齣又一齣
各種背逆常理的鬧劇
不合邏輯的線條
不協調的色彩
構成一幅說多醜
就有多醜的現世圖

老人與荼蘼

黃昏
地球村的大院落
一位老人兀自獨坐著
鳥唱花放
水聲潺潺
他就那麼的靜靜地
凝視著遠方
白雲、青山
有燕子掠過

他，好像在想什麼
又好像什麼也沒想
只是那麼的靜靜地
凝視著遠方

鋪滿晚霞的溪徑
一個牽著小小貴賓
的倩影

叮叮噹噹的　姍姍而來

他眼睛一亮

啊！萬紫千紅

眾芳爭豔中

她，才是一朵淡雅

而最有風韻的荼蘼

註：荼蘼，暮春初夏開美麗的白花，清香。故有「開到荼蘼花事了」之句。

詩的誕生

寫詩，猶如生孩子
先有腹稿，然後
遣字、遣詞
酌至再三而定稿

分娩亦如是
先懷孕、經陣痛
甚至難產，然後
而誕生

不分男女
不管美醜
掬之撫之
百般凝視而愛憐

別人或不屑一顧
自己總以為是件傑作
這就是所謂的
敝帚自珍吧

病

少年時，總想害一場綿綿的小病
懨懨地，躺在春懷裡
讓溫溫柔柔的風
撫平化不開，揮不去濃濃的一縷情愁

壯年時，偶遇二豎小兒^(註)
的偷襲，總希望藥到病除
南天北地，雲高水闊
還有，好多好多未實現的夢想

老年時，百病伴隨
藥爐經卷，躺在白色的
空間，無綠，無紅，更無金色未來
繁華消盡，守著空茫
以及，一片白色的寂寞

建國百年歲在辛卯荷月於台灣文化城客邸

註：二豎即病魔。

願望

我有一個願望
但願我是一隻鳥
與你比翼遨遊四海
在藍天白雲間翱翔

因為我有兩祇翅膀
飛到那高高的穹蒼
摘下一顆一顆星星
綴一串項鍊給你戴上

春天來了
百花都為你綻放
我精心編一頂花冠
把你妝扮成公主一樣

生活二重奏

數字與速度，構成

現代社會的畫面

車匆匆，人匆匆

一切講求快

快的教人眼花撩亂

黑壓壓的人群

急急忙忙向前奔

奔向那最終一杯黃土

焦慮、憂鬱、惶惶然

寫在每個冷漠的臉上

生活的二重奏

何須繁管急絃

短短旅程，不必

走的那麼匆忙

沿途風光如此旖旎

青山綠水，花紅草碧

天邊雲霞炫目燦爛

腳前玫瑰美麗鮮豔

停一停，慢慢欣賞
緩緩走，細細觀
學漁人樵子
林下讀讀黃老
溪上看看鷗閒

人要活得自在
活得悠然
活成鶴齡龜年
生命的樂章
節拍要慢
慢~慢~慢

民國101年5月於台灣文化城夢痕齋

垂柳

1.

在故鄉，老家門前

池塘邊，有幾株倒插柳

粗皆盈尺，何時何人所栽

我不知，只記得兒時常在它蔭下

玩耍乘涼，或在枝頭用蛛網黏知了

冬雪融後，他第一個抽綠

這時你就知道春天快來啦

清明前後，嫩黃的柳眼（註）

已成為綠油油的柳眉

柳絮如雪，漫天飛揚

玩伴們折下長又細的柳絲

編成柳冠戴在頭上，較粗柳條

做成柳笛，信口吹著

他窈窕的身影，隨風婆娑

真所謂「柳腰款擺」

招來藍色流燕穿梭共舞

倭寇侵略的砲聲

驚醒熱血炎黃子孫

我不得不依依向它揮別

南天北地，風裡雨裡

於今，棲息這海島

七十年來，我常在夢中

還依稀看到它綽約的身影

但不知它是否安好

2.

好似瑞雪隨風飄

不如蘆花舞婆娑

愧我沒有詠絮才

輕撒粉鹽空中拋

　　　　　　　　　　民國102年元月歲在癸巳於台灣客邸

註：「柳眼」即初生之柳葉，語見唐元稹詩。「倒插柳」是將柳樁倒
　　栽，成樹後柳枝向下長，故曰垂柳。

老人

西風，殘陽
暮色裡，一個傴僂的
身影，踽踽涼涼
蹣跚的走在黃昏路上
如風中殘燭在搖晃
目茫茫，髮蒼蒼 [註]
皺紋織成的臉
寫滿歲月的風霜
一切事物，都不再
使他興趣激昂
人間百態
他都視若平常
看著天邊的雲霞
也不再有當年的綺想
回憶是他惟有的慰安
偶而，一聲嘆息
道盡人世的滄桑

民國99年於台灣文化城夢痕齋

註：韓愈「祭十二郎文」。

心願四則

1.

願人間無生老病死

世上沒有貧苦饑寒

2.

願天下澧泉皆為酒

而長林無處不搖錢

3.

願英雄們永無白髮

佳人美女長有紅顏

4.

願四海都風調雨順

普世萬民康泰平安

未來二帖

1.

人生，是一篇洋洋灑灑的

大文章，不管你寫些什麼

悲歡離合也好

喜怒哀樂也罷

旅途的驛站

只是一個逗點

稍事休息，繼續前進

不避風雨、不辭勞苦

走向未來，走向夢想

未來是一匹小駿馬

昂昂然給你無窮力量

是一束閃亮美好希望

導引你無限嚮往

直到你筋疲力竭

才恍然大悟

未來，只是一個終篇

句點

2.
未來，看不見
摸不著
即令是一束絢麗的春花
或是一片飄零的秋葉
誰也不知，難以預卜
但她給人以憧憬，以期待
為她吃苦，流血流汗
無怨無悔，甚或不惜生命
為她，為一個夢的實現
未來是什麼，是一位
巧笑倩兮，可人姑娘

民國99年初冬於台灣夢痕齋

秋之憶

當時序的輪子
轉到秋的邊緣
我多想，躺在故鄉
那又高又藍的天空下
看雁行南飛，唱著
老祖母教的兒歌
杓兒星六七個
說七遍有酒喝

秋收之後
跟父兄們去捉野兔
揹著網，帶著狗，
在遼闊的大地
三面圍網，一面人群吆喝著
「老黃腳」直衝人群而逃（註）
但逮鵪鶉卻又四面網
惟一不下天網，鳥兒可一飛沖天
在我小腦袋裡，老存著困惑、不解

既欲捉之，為什麼
又留給牠們逃脫的空間

多年之後我才明白
那是一種文化──
一種中國人的文化
「子釣而不綱
弋不射宿」
所謂網開一面
毋涸澤而魚
毋打抱窩之鳥
凡事不能趕盡殺絕
總要留一條生路
否則物種豈不滅絕
生命又何以延續
也許這就叫做仁吧

註：「老黃腳」是有經驗的兔子，會朝有人的方向跑，如不被狗捉住，
　　可幸免於難。

熱的聯想

日正午，影子圓圓的
太陽的金箭直射向大地
小園的花草無精打彩的
低著頭承受熱浪的笞刑
鄰居的獅毛狗，趴在樹蔭下
伸長舌頭喘息著
火龍似的高速路在蠕動
於是，我想起普羅米修斯的燃燒
想起小紅孩的三昧真火，以及
哪吒的風火輪

僅管大地如蒸籠
而水芙蓉依然開得嬌艷
金黃色的麥浪泛現著農人的微笑
豆大的汗珠滴在鹽味的泥土上
仍掩不住心中豐收的喜悅
坐在冷氣房的人，不知熱的喜悅
更不知熱中的辛苦

這時候蟬歌正熾

多希望有一陣涼風撲面

或者，一陣不大不小的雷雨

洗去五內一些燥熱、煩悶

讓生活有一抹清爽

民國98年於台灣夢痕齋

盛開的荼蘼

妳是一幅水彩畫
妳是一首抒情詩
是那麼淡雅，那麼美
更蘊含著迷人的風韻

妳，綠油油的年齡
怎能讓生活像一杯白開水
妳說喜歡它純淨，無垢
可它卻單調，淡而無味
歲月會老去，切莫讓青春白白枯萎
韶華易逝，要活得多采多姿

人生如沙漠行
越走越荒涼，越孤寂
逃空谷者，聞跫音而喜
何況紅塵多悲苦，有緣宜珍惜
芸芸眾生，有幾人能忘卻
世間嗔和癡
妳正如一朵盛開的荼蘼
給小小的碧園添無限綠意

詠三月詩會

每月一次的相聚
為的是心靈的交會
感情的培養,以及
促使你的成長
如今你方十八歲
未來的路還長
你肩負著歷史的使命
中華文化的傳承
真、善、美的弘揚

你是這個時代的縮影
見證了榮枯與興亡
看過多少苦難
經歷多少悲傷
戰爭、死亡、血的洗禮
倍增你的信念與堅強
跋千山,涉萬水
跨大海,越大江

陪伴你的是戰馬刀槍
穿過時空的長廊
轉戰人生的沙場

踏著荊棘，頂著風霜
艱難的歲月
辛苦的儵嚐
而今呀！又面對
這島上的亂象
荒涼的旅途
空虛的行囊
只賸下一管春秋筆
風簷古道，願你
寫下不朽的詩章

民國99年於台灣文化城夢痕齋

病了的島

在我們生存的時空裡
在這個仙人青睞的島
一切都病了，而且病的
是那麼那麼的嚴重
病的無是無非
病的黑白不分

島啊！二豎^(註)在你體內
敲鑼打鼓，一無忌憚的
沒有什麼不可以，只要與我有利
公義，廉恥，良知管他的
光怪陸離的病毒
已侵入你的腦際
你的臉扭曲
你的體變形
變的讓人匪夷所思
一些讓人難以相信

不可思議的事，都來
你身上爆出，帶著些獸味
唉！美麗的島啊！
你已病入膏肓
願上天福佑你

民國99年10月於台灣文化城夢痕齋

註：二豎即「病魔」。

廬山之夜

我們來自不同的方向
但每個人情懷卻一樣
喜悅、興奮
也有幾許惆悵
昔日少年
如今都兩鬢飛霜

我們來自不同的方向
卻有著共同的理想
這是一次詩的聚會
詩，給了我們力量與希望

我們來自不同的方向
今夜，買醉深山野店
為的是分裂的
國土與家邦
為的是民族文化的
衰微與淪喪

我們來自不同的方向
只因心湖裡熱血在激盪
建一座長橋在隔離的海峽兩岸
讓五千年文化從這兒發出光芒

民國77年5月4日

後記：詩人余玉書先生由港來台，偕高準、藍采二兄遊廬山，夜宿霧社
　　　溫泉，把盞話舊，共讀玉書兄捎來的藍采兄之家書，憶及古人
　　　「烽火連三月，家書抵萬金」根觸良多！海峽兩岸隔絕四十年，
　　　此中國人之悲劇！未卜何時方能結束？同時有感兩岸中國文化都
　　　日漸式微，亦中國人之悲劇，爰草此小詩以抒所感！

小小蛙仔之死

陰雨過後，一隻小小蛙仔
一蹦一跳，正想橫越馬路
「太危險，欲阻止」
我意念未落，它已
亡命輪下，心一悸
一輛小客車飛馳而過
瞬間，一個活蹦亂跳
的小小生命，就這樣
沒了

人，在天地間
比起造物
何其渺小
何其卑微
下一秒，誰知道
這世界又怎樣
狂妄自大者啊
說什麼，人能
勝天

癸巳年桂月於夢痕齋

不知名的小紫花

一株不知名的小紫花
默默的開在人行道旁
以清風為鄰，明月為友
雨露是你成長的營養

有人說你是紫荊，或紫菫
不管你名叫什麼？都無損
你天生麗質，無損你的美
你的雅，以及
你內在的一縷淡淡的清香

多少路人匆匆走過
似乎都將你遺忘
偶有人投一豔羨目光
但也是驚鴻一瞥
從不停下駐足欣賞

其實，你無需世俗的讚美
也不屑虛假的頌揚
你看慣紅塵百態
不計人們蜚短流長
依舊悠然自得的綻放
任星換日移，春來春去
你寧守著寂寞，不因
無人賞而不芳

        民國百年歲在辛卯於台灣客邸

沉淪之島

老祖宗說
蓬萊寶島
是仙人居住的地方
四季如春，鳥語花香
祥雲普照，仙樂盈耳

綠油油的大地
孕育著生命的成長
沒有貪婪，沒有嫉恨
安祥，和諧，其樂融融
微笑，掛在每個善良靈魂的臉上

曾幾何時，眾仙遠去
臏下一群，數典忘祖的妖人
一張一張扭曲變形小丑的臉
聲嘶力啞的賣力表演
表演者荒腔走板令人厭惡的
老戲碼

散播謊謬，仇恨，製造分離
一個個，伶牙俐齒
把黑的說成白的
把白的說成黑的
讓價值混淆，讓是非不分
來掩飾他們的貪婪罪行
寶島啊！正在沉淪
沉淪

當人間，沒有了公義
沒有了道德
一切價值都已崩潰
沒有光明
沒有希望

燒炭、跳樓、投水
是唯一的出路和歸宿
妖人們不懂仁愛，不懂悲憫
只有權利，才是他們唯一的追求
唯一的目的

高喊「入聯」，「主體」
來掩蓋他們那醜惡的行為
引領些無知、愚昧
走向滅亡的煉獄
怎知道戰爭的慘酷、腥風血雨
災難的來臨
忘恩負義的妖人小丑，正在
將仙境寶島推向沉淪
沉淪

　　　　　　　　　　　民國96年於台灣文化城

漂流木

在時代的洪流裡
你載沉載浮
隨驚濤駭浪
向前奔馳，不知來自何方
也不知去至何處，沒有目的
沒有方向，滾滾蒼茫
流到那裡算那裡

你原是有用之材
自許為棟樑
自許為擎天一柱
一場暴風雨的浩劫
改變了你的命運
如今，你不再是參天之木
而只是一個無根的流浪漢罷了

建國百年冬於台灣客邸

重陽思或人

記不清是島上
第幾個秋了
自別後，幾度金風玉露
征鴻過盡，佳音渺渺
遍插茱萸，倩影何在？
記否？菊徑飄香月夜漫步
那詩句寫於燃燒的楓紅

於今，又是重九
那回眸的嫣然難忘
陶潛有他將蕪的田園
易安有他的東籬
李白有他的詩

而我一無所有
只剩下西風黃花
以及，一束潺潺地思念

致孔方兄

沒有你時煩惱
有了你亦煩惱
總之你是煩惱的亂源
但每日生活又離不開你
開門七件事，柴米油鹽
醬醋茶，以及衣食住行
非你不可
因此，有人視你如命
拔一毛利天下而不為
有人為你作奸犯科
甚或不惜捨命以求
你雖祇有小小的兩戈
戕害了多少仁義道德
自古多少英雄為你折腰
有人說你是罪惡的根源
亦有說你也可以為善
不管怎樣，上自達官顯要
下至販夫走卒莫不青睞於你

偶或有大雅清高之士覺你太俗
連名字都不願提你，而以輕鄙
的口吻叫你「阿堵物」
古來豪俠視你如糞土
一擲千金
不管世人對你如何評價
而你依然故我，依然縱橫世界
八方逢源，翻雲覆雨
當歐盟質變，眼看
你又將興起一場全球風暴
孔方兄，這就是你
展現力量的證明現實

民國100年於台灣客邸

一朵遲開的荼蘼

妳似短短的詩詞
卻有著無盡的詩意
妳似淡淡的畫
卻有著無限的遐思
妳是一朵遲開的荼蘼
綻放生命的光輝

妳依然那樣嬌艷嫵媚
婆娑的倩影及那淺淺笑意
妳的舞步蹁躚
妳的歌聲繞樑而甜美
自從開在青翠的小園
人生旅途多了一線晨曦

我將細心的灌溉妳
讓陽光雨露照拂妳
人生短暫，夕陽斜照
更顯靜美，妳是一朵
遲開永不凋的荼蘼

感時・致或人

在這個神經
錯亂的社會
我們面對的不是假
就是毒
還有就是不食人間煙火
誇誇其詞，政治人物
從不知民間疾苦
遊行　抗議
飛鞋　槍聲
人民怨聲載道
那個無感人「都自覺良好」
多少貧苦，多少老弱
哀哀無告，日夜在受煎熬

天天喊改革，把改革
當成無能的遮羞布
越改窮人越窮，富人越富
小市民只有徒呼奈何

油價雙漲，帶動物價上揚
一波接著一波
小百姓感歎日子難過
那個冷血無能人
卻說「習慣了就好」
而不去究辦負責經營的肥貓
虧空、浪費、自利
把人民納稅、血汗錢
裝滿了自己的荷包

誰敢說，這其中沒什麼瓜葛
失業勞工，跪在總統府前凱道
冷雨混著熱淚滿臉流著
他們的訴求、呼喊
無人理、亦無人管
那個無能人，聽而不聞
視而不見
管他雨冷風寒，與我何干
此情此景，怎不叫當初
投票給他的人心寒

註：無能.無情.無義.昏庸亡國亡黨的人，如今又出來趴趴走，竟欲第二次
　　選總統，無恥。

聲與色

總是有那麼一種聲音
一種有顏色的聲音
說藍不藍
說綠不綠
綠中有藍
藍中有綠
其實，這也沒什麼
最可怕的是沒有黑白　黑白不分

這些顏色讓人厭惡
這些聲音讓人憤怒
我之所以厭惡紫
是它會亂朱
我之所以厭惡鄭聲
是它會亂韶音

但在神經錯亂的街頭
正有人不講規則不論是非

上演一齣被扭曲的鬧劇

說什麼白即是黑　黑即是白
是是非是　非是又是是

歷史就是這麼踏著殷紅的足跡進行著
我們曾走過迷惘、失落，沒有鵠的底年代
如今正走入一個沒有秩序，價值崩毀
完全淪喪、亂糟糟的年代
面對的是憎怨、疏離、及無奈
人們說這就是後現代

民國98年元月

邂逅
——贈鳳凰教授

重九藝文雅集盛會
你那身影多眼熟
三十年不算長
但也不算短
那神態，那微笑
依然那樣淡淡的
淡的如水

那些年少不羈的歲月
一無所忌的想買座高樓
挑燈夜話，談論著
夢想與未來，而且
說些傻話，諸如
有齊天大聖的能耐
大鬧個天宮，那多快意
或者，撫養些孤兒等等
如今都成了過去式的夢想

記否？潭畔的漫步

水上的泛舟

「明湖」的夜窗不關^(註)

閃爍的星球，照亮尋夢的眼睛

就這樣，默然

而不經意的

點燃一樹桃紅

遠處，一聲雞啼

天亮了

北上的客車，載走

星月的故事

一回眸，三十年的風景閃過

如今思念卻成了

一種閒愁

註：明湖大酒店，位於日月潭畔，臨窗遠眺，全潭風景盡收眼底。

松鼠

每天晨昏，你準時
來到我窗前
以你靈敏的身手
做起各種花式健身操
當聽見門扉呀然開啟
立刻停止動作，烏溜溜地
眸子，以期盼的眼神視我
然後雙手合十接過一片
小小餅乾，恭謹頷首

上天給人類的不是更多嗎
何曾見有幾顆感恩的心
我低聲向你說些祝福的話
你似懂非懂，你使我
忘卻好多人間不如意
而給我以喜悅，以坦然

時日已久，你成了我一個繫念
一日你居然沒來，我開始等待
等待你的再見，如今數月

依然不見你矯捷的身影
我的那份喜悅隨你消失而消失
可憐的小東西，不會有不測吧
記得我的祝福，但願你平安

　　　　　　　　　　　　民國101年壬辰於台灣

病・過客

陽光，微風，都是大地的過客
而我也是一個過客
偶然，在此小息
小息於一白色的空間
然則，胸臆間正進行著
激烈的生死決鬥
白血球的大軍增至一萬九千九
這是場勝負未卜的肉搏
大夫神色凝重，護士腳步急促
朦朧間聽見生命的訕笑
所有的說明，都在我扭曲的臉上
那是幅基督釘十字架圖
今宵且駐
也許，明日又天涯
不必揮別，不必說珍重
因為我本來就是一個過客

後記：1991年5月於合肥旅次，突然患了急性肺炎，連夜進安醫院，在大
　　　夫護士的求治下，住院二旬，始得康復，並承蒙省垣諸友好，親
　　　至病榻慰問，並此以申謝忱。

紅妝頌

記得初相識
妳正是花般的年齡
春風裡綻放笑靨
格子裙隨風飄舞
像一隻花蝴蝶在飛翔
曾幾何時妳遠適異邦
一去音訊渺然
留下一份牽掛與繫念

多年後，電話裡突傳來
妳銀鈴似的聲音
我一陣驚喜，欣慰無限
因妳出國多年還記得我這流浪漢
再重逢，妳依然青春美麗
不改昔日紅顏
但已綠蔭滿階子滿枝
而我不再是昔日慘綠少年

猶記得一福堂咖啡飄香
約定青山綠水共遊
於今，雖圓夢，了卻心願
我們的足跡曾留在黃山
迎客松下及仙人峰上
不知的還以為是情侶
只有妳我心裡明白
惟純純的友誼，才能像
清泉細流，長久潺潺

銘記病榻關懷送湯送餐
多年來，噓寒問暖
點點滴滴都深藏心間
但願我們的情誼，如春風
似秋月，久久遠遠

釣魚島風雲

五百年前，在東海
我們的老祖宗
發現一個無人島
給它命名——
釣魚台
歷經明、清、民國
皆有文獻，輿圖之記載
它——是中國的
數百年來平靜無爭議
曾經何時有人探測到
它底下有寶：大量的油、汽
還有珍貴的鈰土等等

一個在二次大戰幾乎亡國的
戰敗者，軍國主義陰魂不散
無端生出將原屬中國之島「購為國有」
真豈有此理，足見不改貪婪侵略之本性
於是「購島」與「護島」掀起一場島的風波

新仇舊恨的憤怒，寫在十三億中國人的臉上

東海風起雲湧，船艦破浪，千帆蔽空
全世界的目光都集中在
東海上戰雲密佈的島爭

釣魚台列嶼原為中國之屬島
有今日之爭議，始作甬者美國佬也
二次大戰間，開羅巨頭會議
原擬戰後，將琉球群島交給中國
時任盟軍亞洲最高統帥
蔣公一念之仁：「保留天皇」
至使日本未被瓜分而滅國
留下今日之紛爭
今日之憾事
戰爭結束，琉球交美國託管
當美國無意再管時，理應交給
同盟國的勝利國──中國
何以竟交給戰敗國的日本
美日「安保條約」實為聯日，堵中
司馬昭之心明矣

每天一直想著歷史地位

三大之間難為小的「馬無能」

提什麼「東海和平倡議」

誰理你？何不趁東海

風雲詭譎之際，抓此良機

有點膽識，有點擔當

理直氣壯去護魚，帶領漁民們

往釣魚台傳統魚場去捕撈

在世人正注目的釣魚島

點它一把火，燒它半邊天（善後留給三大）

那時，你才有你的歷史定位

如此高瞻遠矚，有這睿哲否

民國101年10月於台灣客邸

戰爭
——為紀念七七抗戰而寫

說到戰爭，我便想起
蘆溝曉月下的槍聲
它揭開民族聖戰的序幕
使那頭亞洲睡獅猛然驚醒
千萬中華熱血兒女
前仆後繼奔赴沙場無懼犧牲
我彷彿又看見手持武士刀
提著人頭在大街屠殺為樂的倭寇兵
大腹便便孕婦下體插著刺刀
躺臥血泊死去的母親猶懷抱哭嬰
血，染紅了諾曼第的海灘
珍珠港畔血肉橫飛海水一片腥紅

一部人類史，即一部戰爭史
在那本大書裡記載著
涿鹿、赤壁、淝水各種之戰
諸如投鞭斷流，火燒連營

還有什麼二月、十月大十命
自有人類，便有戰爭
一幕一幕上演著死亡與殺戮

自石斧石刀，鐵槍鋼砲的廝殺
到一按電鈕核子武器的應用
戰爭越來越精密，越殘酷
如果我們還聽不見
天國近了要悔改呼喚
地球遲早會毀滅於無形
一切回到無，從無到有
一個新世紀又開始誕生

民國101年7月於台灣文化城客邸

有贈

早想告訴你，告訴你
一粒紅豆的故事
以及，冬日子午的雞啼

但，愛琴河上的月色
夢派爾那斯的畫廊
只賸下殘夢的清輝

因而，我咽下滾落唇邊的告白
未知的，也許更美
你底「思想」，猶如

三月的杜鵑花
且莫讓凋落於時間的風雨
否則，這滿山的相思樹
將與寂寞和憂鬱一同哭泣

聆聽小小羊兒要回家的訊息

星空下，有你底同伴
別哀愁，旅途的荒寂

當伯利恆沉睡於雪花深掩的冬夜
你知道嗎？
聖潔仁慈，乃悄悄地降臨
於是，我這流浪的風琴手
也像天使樣，到處傳播愛的佳音

詠早點

一片土司，一杯豆漿
溫飽饑渴者的肚腸
妳的微笑如春花
妳的善良似朝陽
溫暖一個行吟者
靜寂的心房

每天能看見妳的微笑
聽見妳溫馨的低語
即使沒有土司與豆漿
也不再感到饑渴

因妳這位女菩薩，給我
一份心靈的精神食糧
千種溫暖盡在不言
猶如佛陀拈花，迦葉微笑
但憑靈犀一點將歲月燃亮

砧板

我是一方小小的砧板

靜靜躺在廚房的角落

看起來並不怎麼顯眼

但餐桌上每樣菜色

不管時蔬葷鮮

都得經過我這一關

切、削、拍、剁的考驗

然後蒸煮燉熬，炸燒煎炒

以各式各樣之烹調

方式為可口佳餚

無論大筵小酌都不能離了我

我是這麼的盡職負責服務於人

卻落得個欺軟凌弱的封號

說什麼我為刀俎，人為魚肉

可見人間也沒啥公道可說

只有暗嘆命薄，每天默默地

盡心盡力工作，當人們品嚐

各種美味，卻忘了我也有一份功勞

民國102年5月於台灣文化城夢痕齋

碧潭之約

記得也像這麼一個春天
我們相約在此會面
妳如出水芙蓉清純
甜甜的微笑，似春花燦爛

我們泛舟碧波
並肩索橋憑欄
面對青山紅樓，你的細語
溫暖異鄉人的心田

儘管，時光流逝
天干地支一個輪轉
橋還是那個橋
潭還是那個潭

青山紅樓依舊
只是呀！我已是兩鬢飛霜
妳是否青春依舊
還是昔日紅顏

莫拉克颱風

你的腳步蹣跚而詭異
給人們以錯覺，以僥倖
總以為你蜻蜓點水掠過
沒想到一夜間
似千軍萬馬，排山倒海而來
把一年的雨量，一次傾瀉而下
千百間房舍，在滾滾泥流中消失
數百條人命在你咆哮中吞沒
萬物懾服你的淫威

你的暴虐，你的無情
可怕，亦復可恨
人們一片哀嚎而無助
這就是你給濫墾伐的懲罪嗎
你走後，留下無奈的哀傷，以及
求救的哭喊
從災難中，人們是否能學會成長
狂者說：人定能勝天
聽起來，不過只是一個笑話吧

民國98年於台灣文化城夢痕齋

民國百歲禮讚

你在血花四濺

槍聲，炮聲中誕生

結束了數千年專制

建立亞洲第一個共和國

你是人們的寵兒

大家為你歡呼，為你歌唱

你給黑暗的大地帶來曙光

給積弱的中國帶來希望

廢除不平等條約，驅走帝國豺狼

爭取世界以平等待我之民族

呼籲同胞要自立自強

但多災多難的中國啊

你的道路並不那麼平坦順暢

先有辮子軍的復辟

後有洪憲又要當皇上

你不得不二次革命

領導中國走上共和的康莊

為著保護你的成長

多少人拋頭顱灑熱血

無怨無悔，只希望你富強
但軍閥們割據，各霸一方
你以英氣照人的十五歲
擎起北伐的大旗
親冒鋒鏑，轉戰沙場
終於完成統一大業
這是歷史上一頁盛事
其功勛彪炳，可比美隋文、秦皇

此時正待罷兵生息調養
貪婪的東鄰小倭寇
野心勃勃覬覦我錦繡國邦
先侵佔東三省，復窺伺我華北
七月七日蘆溝橋一聲槍響
揭開了戰爭的序幕
英勇的中華兒女，前仆後繼
投身在腥風血雨的疆場
八年血戰，犧牲數千萬生命
終贏得最後勝利，敵人無條件投降
疲累的身心尚未喘過一口氣
燎原赤焰，燃起兄弟鬩牆

不知是你命運不濟，抑是天意

數百萬精良之師，竟不敵叛逆者的

鏽刃破槍

在風聲鶴唳，山河蒙塵

你來到這被殖民五十年的海島

是犧牲幾千萬生命才光復的國土上

從一片廢墟裡，篳路藍縷

克苦克難，一心圖強

經數十年努力的耕耘

方有今天的繁榮模樣

從無衫無履，三餐不飽

到今天豐衣足食生活安康

竟有忘恩負義的不肖者

數典忘祖，口口聲聲喊獨立

不想想如果沒有你，他們哪有

今天的自己

今你已壹百歲，忍受著污衊

仍殷殷勤勤，竭力護衛著

這塊用鮮血灌溉的土地

但願你長壽不老，再次

完成統一的重任

建國百年歲在辛卯於台灣客邸

孤獨

是誰賜予你這多煩惱？
終日默默地，默默地，
像翦手詩人尋覓資料。
徘徊溪畔，
你喟歎逝去的流水；
躑躅道旁，
又悲悼枯萎的小草？

春風吹不綻你生命的蓓蕾，
秋月照不見你爽朗的歡笑。
多少辛酸，
化作一聲嘆息！
從未見你展開過
深鎖的眉梢。

送別

乍聚，即離
你像一陣風
飄然而來，飄然而去
如詩人的瀟灑
揮一揮手
不帶走一片雲彩

看著你漸行漸遠的身影
而我，卻有著江郎的
黯然魂銷，世事難測
何日能再同看這
島上的月升月落
再把酒燈窗，澆心中愁
話失意事
人生如沙漠行
越走越荒涼
風雨旅途
別忘了，我的祝福

民國98年秋於台灣夢痕齋

懷屈原

任山河變色竹幕低沉，
汨羅江上的煙柳長堤，
依然縈繞著屈原的夢魂。

流水悠悠，流去三千年的歲月，
流不盡古今的興亡恨！
寶島風光雖亦旖旎媚人，
但，她那比故國情深；
雲水蒼茫隔絕了家園音信，
阻不住千萬顆似箭的歸心。

面對這榴花燃燒的五月，
詩人啊！
以悲憤填平千頃碧海，
好讓我們的隊伍前進！

虎的獨白

人們說我是獸中之王
就是有這麼個虛銜
很多人假我之名，做些壞事
所謂「狐假虎威」
所謂「為虎做倀」
其實，這都與我無關
但我仍不見容於人間
有人要剝我的皮，剉我的骨
如此，而後快
這些我都不在乎
在高山曠野之中
我依然獨來獨往
雄視八荒，傲嘯長空
從不拉幫結派
有人說我孤傲不群
或者是，獨善其身
任由他們去說吧
我就是我，因為
我是虎

民國98年於台灣夢痕齋

虎與貓（兒歌）

西山沒有東山高，
西山出猛虎，東山出貍貓。
猛虎要向貓學藝，瞻大貍貓把牠教。

竄山跳澗都學會，猛虎生心要吃貓。
貍貓一見事不好，擰擰尾巴爬樹梢。

猛虎一見雙膝跪，叫聲師父聽俺說：
竄山跳澗都教會，怎不教俺爬樹梢？

貍貓樹上開言道：俺若教你爬樹梢。
世上只有你猛虎，再也沒有俺貍貓。

後記：我五六歲時，母親教我一首兒歌，那時我只會跟著她唱，不知是
　　　啥意思。至今八十餘年過去，我還能一字不漏的朗誦。後來漸漸
　　　長大才懂得兒歌的含義，頗富人生哲理，而影響我一生。其中最
　　　明顯的幾點：其一教人不要忘恩負義。其二教人凡事不要做絕，
　　　總要留點後路。其三害人之心不可有，防人之心不可無。今年適
　　　逢先慈120歲冥誕，我將這首兒歌寫出，以紀念母親養育之恩。

百年國慶有感

啖肥蟹，看黃花

有酒且醉，喚小二

大塊切肉

大碗斟酒

管他娘，藍綠黑白

什麼總統、立委選舉

後記：國旗是國家的象徵過去綠執政，將國旗棄在地上，用腳踐踏。如
今藍執政，欣逢建國百年國慶，應是普天同慶，薄海歡騰，旗海
飄揚，以激勵人民愛國情操。而我住的藍營執政城市，當日卻不
見一面國旗飄揚，現在政治人物正在競選，中華民國總統，喊出
的是「台灣加油」，而中華民國和國旗卻不見了，感嘆之餘，爰
草此詩以抒胸中之憤。

二十二世紀之夢

時空，萬變瞬息
活在今天，誰知明日
預言家警告說
末日將臨
況百年後，怎可卜悉
那時，地球
也許依舊運轉
百花依然競豔
萬物依然向榮
人間不再有饑寒貧富
歌照唱、舞照跳
燈紅酒綠、熙熙攘攘
正是一個繁榮大同社會

那時，地球
也許已陸沉，或火海
斷瓦殘壁
人類早已移民蟾宮金闕

有牛郎為友、織女為鄰

饑餐渴飲

朝與吳剛把酒，夕與姮娥共醉

天上弦歌，更勝似紅塵萬倍

只怕人類貪婪與戰爭

也會毀滅那瓊樓玉宇

惟長夢不醒，是最美的

結局

民國101年歲在壬辰於台灣夢痕齋

盼望

燕子盼望春天
蜜蜂盼望花季
大漠的駝隊盼望綠洲
黑夜中的旅人盼望燭火
籠中的鳥兒盼望藍天長空

我們踏著滿徑落紅，盼望
明春的花開
多少時光在盼望中流逝
有惆悵，也有驚喜

我也有一個盼望
盼望時光能夠倒流
在恬靜的黃昏，海風微吹
暮然回首，夕陽斜照裡

一個青春倩影姍姍而來
那微笑，那眼波
多教人心盪漾

唉！那是一場春夢
如今，遠了！遠了
映在眼簾的
是一庭烟雨
以及，滿室孤清

雲的自況

我是雲
煙，霧是我姐妹
雷，電皆為近親
我常駕著風的蓬車
遨遊蒼穹四海
無牽無罣，悠哉，遊哉
管他恩怨情仇是非黑白

有人說我千姿百態
變化莫測
有人愛我素裝起舞
有人喜我綠裙款擺
我曾伴雨巫山行腳^{（註）}
給人間留下一椿美的傳說
飄逸、灑脫，這就是我

民國101年8月於台灣文化城夢痕齋

註：宋玉「高唐賦」裏王遊於雲夢，晝寢遇神女，居巫山之陽，「旦為
　　朝雲，暮為行雨」即巫山雲雨之由來。

說心

凡人皆有心
其心相同，其形相似
因人心皆肉所長
而不同者，因其善變
變幻之大，天地莫測

心色本紅
卻有黑心之人
花心之人，無心之人
熱心之人，心冷之人
苦心之人，心酸之人
粗心之人，心細之人
善心之人，心惡之人

小兒女談情說愛
其心如蜜，又叫
甜心Sweetheart
七老八十行裝就木

只剩下一顆

寧靜寂然的心
心之大如天
心之小如芥
心之為物
有色、有味
有形、有名
有抽象、有具象
凡此種種不可言說
故心相同實不相同
至於心同此心
心同此理
那是哲學家說的
我不再贅言矣！

民國103年歲次甲午於台灣夢痕齋

說酒

說起酒
我便想起許多詩的名句
想起許多酒的故事
有人詩酒飄零
落拓江湖
有人慷慨悲歌
醉臥沙場
有人藉酒使性
佯狂罵世
有人借酒消愁
以澆塊壘
或者三杯兩盞
以遣想思
而我，一杯白金龍在手
即熏熏然，成了英雄
成了俠客，成了李白
甚或，成了齊天大聖
一覺醒來，猛然發現
我，還是我

民國102年歲在癸巳仲春於台灣夢痕齋

酒

英雄名士皆愛酒
金波綠螘令人醉
醉裡挑燈且看劍
醉後橫臥美人膝

杜康造酒劉伶醉
一醉三年不曾起
有人前來討酒錢
開棺醒來夢依稀
儀狄佳釀禹帝飲^(註1)
如此美酒誰不醉
酒池肉林亡其國
酒誥戒人勿貪杯^(註2)

民國102年4月於台灣夢痕齋

註1：「儀狄」古之善釀酒者，進於禹，飲之甘美，遂疏儀狄，絕甘旨，
　　　說「後世必有因酒亡國者」。語見戰國策魏書。
註2：「酒誥」周成王封康叔於殷故都之教令，戒慎飲酒，紂因飲酒而亡
　　　國。事見尚書周書。

酒與詩

1.

酒　飲
　　飲　而醉
詩　吟
吟　而樂
酒是飲的
詩是吟的
飲酒
吟詩
豈不快哉

2.

酒　酒
飲
飲　而醉
詩　詩
吟
吟　而樂
酒是飲的

詩是吟的
飲酒
吟詩
豈不快活

3.
酒　飲酒
飲　而醉
詩　吟詩
吟　而樂
酒是飲的
詩是吟的
飲酒
吟詩
豈不快哉

4.
酒酒　酒
飲
飲飲　醉
詩詩　詩
吟
吟吟　詩
酒是飲的

詩是吟的
飲酒
吟詩
豈不快哉

5.
酒　　酒酒
飲
飲　　飲飲
醉
詩　　詩詩
吟
吟　　吟吟
詩
酒是飲的
詩是吟的
飲酒
吟詩
豈不快哉

民國102年歲在癸巳仲春於台灣夢痕齋

註：試寫超現實，後現代主義。

祖國

妳有全世界最湛藍亮麗的天空
妳有全世界最肥沃芬芳的土地
妳有全世界最綿長壯麗的江河
妳有全世界最雄偉巍峨的山嶽

從那莽莽無垠冰封雪飄的塞北
到那鶯飛草長春光明媚的江南
這廣袤千萬方里的文明古國啊
妳孕育著堅強偉大的優秀民族

而今我們正面臨著歷史的考驗
雖然是生活在一水之隔的兩岸
但血管裡有同樣血液同樣心願

同樣是中華的兒女炎黃的遺孽
四十年阻隔，阻不斷骨肉親情
看啊！統一的腳步已邁開向前
正向前邁進

戊辰初秋

空靈的迴聲
——給亞嫩

妳說我不再空靈
只因強說愁的歲月已遠
春天從輕嘆中偷偷溜走
冬季的黃昏路上
少了燦爛與絢麗
多了恬淡與寧謐

但在我心底，有一個
不曾說出的秘密

生命中妳是詩、是畫
是永不褪色的花蕾

詩中有我的祝福
畫裡有我的投影

在時間的長流中

妳我是一粒閃亮的結晶
永不分離

別管外邊的風
別管外邊的雨

青山居的小屋裡
依舊泛滿愛的溫馨

民國87年8月於台灣客邸

醉逍遙

日落崦嵫一點紅
大搖大擺上九重
左腳踏進凌霄殿
右腳踏進碧瑤宮

王母娘娘見我笑
玉帝見我打一躬
仙果瓊漿任我用
微醺之後隨便行

信步來到廣寒宮
嫦娥出來笑相迎
瓊樓玉宇多寒冷
哪有人間有溫情

人生不過一場夢
若是有人問起　我是誰
我是人間逍遙一醉翁

民國107年5月

我的墓誌銘

我親手刻下我的墓碑
抓一把黃土
營建我的新居
我知道
有一天我會躺在這兒安息

倘若有人問起，就說
這裡埋葬著
一顆殞落的恒星
一朵凋謝的
詩的蓓蕾

大地是床，蒼天為被
頭枕青山，足登綠水
有星月作伴，野狐為鄰

忘卻人間冷暖，遠離塵囂虛偽
不再為饑寒勞苦煩愁

不再聽俗世是是非非

我就這樣靜靜地躺著
接受大自然的祝福
以及風雨的洗禮

把好多好多的不如意
都讓它隨時間一同忘記
這就是一個美好的歸宿

　　　　　　　　壬辰年初冬於台灣省文化城客邸

我的墓誌銘

眺望

黃昏佇立海濱眺望
眺望赤焰籠罩的故鄉
晚風輕撫著鬢角
浪花濺滿衣裳
我的心隨海鷗翱翔

寄語醉歸的夕陽
將遊子虔誠的祝福
捎給白髮爹娘
告訴她我們要來了
請忍耐著暫時的
悲傷

民國42年9月25日

靈涸

當我閉上眼睛
思緒便洶湧心頭
待我提起筆桿
它又從筆尖下溜走
支額沉思
乾涸的靈泉流不出
涓滴心聲

攤開的稿紙
滿塗著憂鬱鄉愁
是墨跡？
是淚痕？
模糊的雙眼已辨認
不清

民國42年7月23日

雨憶

黃昏扮上雲妝
纖雨緊敲著碧紗窗
蕉葉向東風低訴
抱怨著命運的悲涼

滄海桑田
我轉戰人生沙場
走遍千山萬水
忘不了妳含情的眸光

月光下挽手漫步
小溪畔徘徊低唱
那些甜蜜的往事啊
如今均化作心靈創傷

民國42年10月13日

旅途

疾風‧閃電
流火燃盡生命瞬間

沿途風景如此美好
路旁花兒開得如此鮮艷

何不停一停慢慢欣賞
匆匆地急著趕明天

明天是個什麼面貌
明天又忙著趕往人生的終站

詩・人生

人生的小詩

像花　　美

像月　　柔

像春風　溫暖

像冬雪　潔白

更像一罈陳酒

香醇

而我的小詩呀

卻似秋夜雨

淒淒　冷冷

冷冷　淒淒

點點　滴滴

滴滴　點點

滴在我　孤寂的心湖裡

舊詩詞及古體新詩

晚景

人到耄耋萬事灰，
門可落雀今非昔。
小院寂靜花自開，
終日無人扣柴扉。

每到黃昏門前坐，
暮鴉歸巢已倦飛。
英氣照人來時路，
白髮垂垂尚未回。

此地風光依樣好，
殘陽如血掛餘輝。
如此晚景如此境，
斯人胡為獨憔悴。

詠建國百年

革命先烈血如花，清廷王朝一夕垮。
萬萬同胞額手慶，肇建民國大中華。
張勳復辟是鬧劇，世凱帝制又萌芽。
蔡鍔雲南舉義旗，四方響應動京華。
二次革命順民意，氣死項城井底蛙。
洪憲帝制才取消，軍閥割據亂當家。
擁兵自重稱豪傑，各立山頭當老大。
兄弟鬩牆黎民苦，國事艱難亂如麻。
人心望治盼太平，順平民意復北伐。
統一大業尚未定，中原之戰起自家。
學良東北易旗幟，勝似千軍與萬馬。
玉祥深山思過去，錫山亡命走天涯。
倭寇貪婪狼子心，瀋陽事變九一八。
宛平兵演作藉口，意圖侵略露尾巴。
蘆溝橋頭槍聲響，民族聖戰猝爆發。
炎黃子孫齊赴難，丹心碧血染黃沙。
千萬兒女為國死，贏得勝利萬世誇。
世界四強我為首，巍巍大國轟東亞。

赤燄燎原家國劫，天地變色神鬼訝。
海島避秦圖匡復，鴻願未酬增白髮。
如今百歲人稱壽，神州一統誓方罷。

佛緣

人生萬事鮮如願，
今生有緣恨見晚。
倘若輪迴有來世，
但願共修歡喜禪。

答樓主教授贈詩

祇為杼情始寫詩，
心動情萌喜支支。
大乘渡眾亦渡我，
頑冥頓悟醒未遲。

詠荼蘼

荼蘼花開滿園香，
脫去春衫換夏裝。
風情萬種惹人憐，
裊裊婷婷一紅妝。

註：荼蘼春末夏初開白色的花，有淡淡地清香。故古人有「開到荼蘼花
　　事了」詩句。因它是春天最晚開的花。

清平樂（詞）

寒衾斷夢，萬里雲烟重。

昨夜西風吹屋縫，

啟戶遙看月動。

匆匆一別三秋。

不見王師鼓舟。

海角哀鴻待哺，

幾時收拾金甌？

憶王孫^{（詞）}

神州極目路八千、
作客天涯思故園。
蓴菜鱸魚燴玉盤。
倚欄杆，秋雁行行西北還。

感舊

偶遊舊地黯神傷，
五十年來夢一場。
回首前塵如泡影，
佇看新建改門窗。
紅顏星散無尋處，
白髮重臨對夕陽。
椰樹多情猶似昔，
頻頻揮手列成行。

秋夜述懷

浮生哀樂夢魂中，
鴻爪雪泥轉眼空。
看破不難難放下，
幾人情執一齊鬆？

遊滁州醉翁亭

1.

聞說瑯琊景物佳，
偷閒獨步把山爬。
醉翁亭外青山翠，
綠樹稍頭紅日斜。

2.

醉翁亭記動人心，
千載滁州享美名。
遊客下山群鳥樂，
載歌載舞頌廬陵。

3.

十年浩劫已消沉，
尋得桃園不見秦。
文物雖然遭破壞，
先賢風範永留存。

重九感懷

客裡孤吟漫說愁，茱萸相憶月如鉤。
黃花自有西風約，紅葉平添海角秋。
何處登高吹落帽，為誰買醉換輕裘。
年來多少尊鱸夢，都付山溪日夜流。

遊子吟

客裡消愁酒漫添，吟詩常討外人嫌。
心甘淡泊求明志，煮字療饑自泰然。

詠潁州西湖（宋時稱北西湖）

國有二西湖，風姿各雍容。

一在潁水西，一在浙江東。

北以嫵媚勝，東以秀麗工。

地隔三千里，難辦誰雌雄。

湖光雙瀲灩，烟水兩溟濛。

堤上柳絲綠，岸邊楓葉紅。

宜春也宜夏，宜秋復宜冬。

淤泥重疏浚，水與天河通。

偶感

學書學劍兩茫茫，人生如戲夢一場。
自古多少興亡事，吟詩只為頌紅妝。

重遊潁州西湖

西湖又見舊風光，
碧波十里飄荷香。
黃花放蕊添秋色，
綠柳絲長繫畫舫。
佇足百看依稀夢，
少年載酒曾尋芳。
紅塵不堪重回首，
百劫歸來兩鬢霜。

民國102年歲在癸巳仲秋於台灣客邸

後記：潁州西湖亦稱北西湖，北宋間京官謫降，下放潁州做知府者，大
多名臣文士，如蘇東坡、歐陽修等，尤其晏殊以宰相之高位，謫
降放知潁州，一時開封至潁州道上，達官顯貴不絕於途，於是西
湖畫舫弦歌，詩酒唱和，其繁華與杭州南西湖不分頡頏。故蘇
軾、歐陽修有詠北西湖名句：「大千滅沒一塵裡，不知潁杭誰雄
雌」？「二十四橋明月夜、換作西湖十頃秋」。蓋歐陽修先知揚
州後知潁州，覺得潁州西湖，比揚州西湖「二十四橋明月夜」還
美，故晚年卜居潁州以終老。余家居湖西，兒時常偕學伴至湖中
戲水採蓮，倭寇侵華，余浪跡異鄉，七十餘載，蓴鱸之思，常縈
胸際，今秋得返故里，路過西湖，地方政府正大動土木修繕西湖
十景，樓台亭閣，漸復舊觀。爰草此俚句以抒感懷。

偶然《有贈》

1.

學書學劍兩不成，
年華誤盡一虛名。
人前佯裝清狂客，
醉後彈淚哀蒼生。
賣文養廉君休笑，
南窗潤句感高朋。
此生不做封侯夢，
林泉幽處有真情。

2.

識荊恨晚諸羅城，
推心置腹論平生。
文采風流嶺南漢，
詩情儒雅燕北鴻。
語悟拈花會心笑，
句獲璣珠共傳誦。
策杖尋幽薄暮裡，

松柏古道三人行。

3.

南來避秦數易秋，
西望神州雙淚流。
家國萬里何處是，
歸人無期空白頭。

4.

我本蛟龍困沙灘，
想望雲雨不成眠。
時來運轉春將至，
平步青雲上九天。

民國102年2月於台灣客邸

後記：曩日避秦，渡海南來，困居諸羅山城。結識河北李飛鴻，嶺南吳
　　　捷漢二文友。嘗策杖同遊，買醉野店，年少輕狂，談詩論文，竟
　　　夕不倦。余取二人名各一字「漢」「鴻」拈此俚語以贈。六十年
　　　後於舊書中得此殘草，而李、吳二君皆作古多年！重讀詩句，緬
　　　懷故人，為之黯然！

偶然《有贈》

山河吟

今日又登高，無心插茱萸，
飆風吹落帽，何時卸征衣。

拭乾模糊睛，大千收眼底，
峰巒相環抱，林竹相呼吸。

江河拖銀鍊，山川美如錦，
憑弔故國景，遊子心戚戚。

落葉惹鄉愁，黯然淚沾襟，
中原多板蕩，王師何時歸。

渡海數易秋，三入蓬萊門，
如今未成仙，兩鬢生華輝。

嘆我青春老，望柳感落日，
當年豪氣消，多病壯志灰。

百事無所成，歲月空蹉跎，
上蒼何嫉我，久困涸轍魚。

平生志未展，滿腹經綸恨，
齎志倘得伸，大地被甘霖。

宦鄉既乏緣，何須苦苦追，
顯貴與販夫，同是土一杯。

前人掛冠去，採菊扶東籬，
不慕世俗榮，不戀紫羅衣。

逍遙復清閒，常偕五柳醉，
我樂隨其後，他日返櫓回。

鳳不棲枯木，鶴不立雞群，
看慣冷暖眼，識透名利心。

哲人日已遠，世風堪可悲，
寧沉汨羅底，羞與渭水渠。

靈鈞不見棄，江心有知己，
人嘲窮酸相，矯作西施矉。

碌碌無我類，誰識胸中壘，
寫下斷腸句，滿紙孽子淚。

悠悠白雲浮，霞鶩共齊飛，
我欲乘風去，飄然上青冥。

抖落塵埃愁，不沾煙火息，
銀漢泛輕舟，渡盡世間痴。

閒聽霓裳曲，常與姮娥戲，
煮酒邀明月，歌罷醉花蔭。

人生一覺夢，空來亦空去，
返樸早歸真，還我自由身。

民國102年3月於台灣夢痕齋

註：桓溫於九九重陽宴群吏，皆著戎裝，風吹孟嘉帽落地，嘉渾然不
　　知，桓命人以文戲之，後人遂以「落帽」喻重陽，語見晉書。

後記：日昨從舊篋中得此六十年前手草，重讀一遍，雖覺生澀，足見那
　　　時隻身渡海，來此孤島之心情，茲抄錄聊博讀者一哂。

感舊八行

舊地重到惹惘悵，
五十年來夢一場。
佇足百看依稀貌，
回首前塵神黯傷。
昔日紅顏凋落盡，
空餘白髮對夕陽。
古今多少興亡事，
留取後人話滄桑。

民國101年4月於台灣文化城客邸

後記：日昨偶過曩日服務報社舊址，佇足凝視良久，昔之矮屋今成高
　　　樓，惟兩行椰子樹尚存。憶當年社裡男女同事，均值青春年華，
　　　音容笑貌猶如昨日，而倏忽五十載，今各自西東，不知所終，不
　　　勝今昔之感，歸後，成俚語數行，以抒感懷。

懷舊

五十年來今重遊，景物如昔人非故。
湖上風光依然好，碧波蕩漾泛輕舟。
前塵不堪重回首，獨向青山黯自愁！
昔日紅顏今何在？空餘白髮對紅樓。

夜思

學佛學仙兩不成，清夜獨坐心自明。
紅塵萬劫多悲苦，愧我無術度蒼生。
人間若有不老藥，何須西天參佛乘。
惟願人人兼相愛，世界大同享太平。

民國102年3月於台灣夢痕齋

辛卯除夕感懷

驚聞爆竹催舊歲，
客歲易凋又一年。
圍爐守歲團圓夜，
朔風襲屋仍覺寒。

更深夜闌四壁冷，
不知不覺漏已殘。
滿架殘書慰寂寥，
回首平生一愴然。

滯留海島六十載，
備嚐艱苦與辛酸。
來時青春正年少，
如吟垂垂兩鬢斑。

豪情壯志消磨盡，
百病纏身苦難言。
人生到此萬念滅，

獨存明性方寸間。

西望神州千里外，
雲天深處是故園。
此生難見返棹日，
埋骨何處無青山。

民國百年歲在辛卯於台灣客邸

193
辛卯除夕感懷

答友人新春賀歲詩

畫餅可充饑，
望梅亦解渴。
漫說不濟世，
三人成諸葛。
君子風偃草，
遍地皆綠禾。
揚我故文化，
創新舊詩歌。

歲次丁酉元月十五夜

後記：丁酉新春，「畫餅樓主」及「望梅庵主」二位老友皆贈詩賀歲。
　　　爰草此俚語以答之。

答友人新春贈詩感賦

丙申已去丁酉臨，抱病延年又一春。
無悲無喜若癡呆，歷盡滄桑劫後身。
一事無成空蹉跎，亂世苟活晉九旬。
此生已了無餘事，平安二字報知音。

束髮追夢成泡影，鴻鵠壯志化灰塵。
小民無奈皆哀苦，國事如麻不忍聞。
藍綠惡鬥無寧日，名嘴論政亂紛紛。
百姓徒嘆無奈何，慚愧無力轉乾坤。

附錄

附錄一：一顆閃亮詩星的殞落
——追念菲律賓華裔詩人雲鶴

丁穎

從「葡萄園」詩壇短訊裡，得知菲律賓華裔名詩人雲鶴去世的消息，不勝驚訝！因前不久我還收到他寄來的新著「沒有貓的長巷」。這之前也接到他的來信，並附寄他主編的「世界日報文藝副刊」，以全版篇幅選載了我十首舊作，與近作「落花」手稿；以及周伯乃寫的「憂鬱的詩人丁穎」全文。近來菲律賓因南海事件與我國大陸發生摩擦，我正欲回信並擬將早年因菲律賓「排華案」寫的一首追念為爭取菲律賓獨自由而殉難的開國元勳「扶西‧黎剎」的長詩給他，望能在他主編的「世界日報文藝版」刊出，菲律賓革命爭取自由獨立，受中國協助是很多的。沒想到突聞噩耗，掩卷沉思：往事歷歷又浮現腦幕。

回溯結識雲鶴，是五十前的事了。那時他還是個十七歲的慘綠少年，但詩已寫的很好，並且還是主編一個詩刊。記得有一年的春節大年初二，我偕周伯乃去看望詩人覃子豪，順便給他賀年。我們到達他住的糧食局單身宿舍，房間不大好像日式建築，屋裡堆滿書報雜誌，桌上也擺著一大疊文稿，那時他正

主編「藍星」。我和周伯乃落座不久，來了一位漂亮的小姐，手捧一束紅玫瑰花，還提一籃大金橘，想是也是給他拜年的。聽說她是某大學外文系高材生，向我們含首微笑招呼。我們吃了兩片橘子，不便久留就道別告辭。

　　我回南部不久，接到詩人覃子豪寄來他的詩集「畫廊」及兩本菲律賓青年詩人詩集。其中一本就是雲鶴的處女作「憂鬱的無線譜」，首頁有覃先生的序文。其後不久我就接到雲鶴由菲律賓寄來的邀稿函，還附寄了他主編的「詩潮」。我當時服務遠東新聞社，因健康關係住在碧峰山養病，他怎麼知道我地址？我也不曾問起，想是覃先生介紹告知的。就這樣我們經常書信往還，我也為「詩潮」寫了些詩稿，也曾寫了篇蕪文「介紹菲律賓兩位年青詩人」，該文收在我「西窗獨白」詩廊投影裡。後來我健康復原，又回到紅塵囂嚷的城市，重作馮婦，拿起紅筆剪刀，過著白天尋夢，夜間煮字療饑的生涯。因多次搬遷，復忙於俗務，將他的通訊處遺失，就這樣斷了連繫。

　　沒想到五十多年後，我們在一個國際性詩人大會上，不期邂逅，格外欣喜，會後我們重話以往舊事。我脫口唸出五十年前他詩集裡佳句：

　　黑咖啡，濃

　　濃得這麼神

　　飲，而醉

　　有一天這醉的生命會終止……

他感到意外，笑著說那些不成熟的作品，連我自己幾乎都忘了，而你還記得。他回菲不久來信，說此次幸會，快慰生平，並附他與我、方艮、帆影四人在會上合影，說這張照片拍得不太好，但彌足珍貴，留著做個紀念吧！詎料這次會晤，竟然永別。

雲鶴早年作品，多少帶著「少年不知愁滋味，為賦新詩強說愁」的浪漫色彩及少年人的苦悶。而後期作品常蘊含著一個炎黃子孫漂泊異邦，而對祖國濃濃地眷戀情懷。如收在「長巷」集子裡一首「野生植物」，可窺見他嚮往故國的感慨：

有葉
卻沒有莖
有莖卻沒有根
有根
卻沒有泥土
那是一種野生植物
名字叫
華僑

這首詩短短數行，寫盡華僑生活在異邦的苦況與無奈，沒有歸屬感的失落。雲鶴是個非常謙遜溫厚的人，他叫覃子豪為老師，而於我則稱先生，這大概是我比他痴長幾歲吧！覃子豪

於民國五十二年去世，我曾寫一首「落葉」小詩哀悼他：「沒有風／在十月淡淡地陽光下／你悄然飄落／靜寂／蒼涼／沒有驚醒沉醉的靈魂／也沒有驚醒人們的歡夢／世界依舊／紅燈綠酒依舊／繁華／囂嚷／而你啊／就那樣飄落／沒帶走春天／也沒帶走秋／一切歸於虛無／有誰聽見你走過這迷失時代的跫音／唉！惟有那尋夢畫廊的少女／以及為「詩播種者」的浪人／一縷哀念！一縷嘆息！也像你瘦瘦的影子／飄逝於茫茫蒼冥。「畫廊」，「詩的播種者」均為覃先生遺作詩集名。

子豪先生去世四十九年後，他的學生詩人雲鶴亦相繼凋謝，正如他的詩句「總有一天這醉的生命會終止」。如今這隻折翼的「雲鶴」，再不能翱翔詩的藍空，自由自在的吟哦了。我本想也寫首哀念他的詩，但久久不能成行，緬懷兩位因詩緣結識的朋友，於今都已飄然遠去，從書架上抽出他們五十年前出版的遺者「畫廊」、「憂鬱的線譜」，從發黃的書頁裡，仍可看到那閃爍著智慧光芒的詩句，而悵觸萬千！爰草此蕪文以表哀思！

附錄一：一顆閃亮詩星的殞落

附錄二：民族文學的良心
——論高準的詩及其創作道路

丁穎

　　中國是個詩的民族，詩在中國人生活中，佔著重要的一部份。在沒有文字之前，中國人就懂得以詩抒發情懷，他們「手之舞之，足之蹈之」所唱的歌謠，後來有了文字，用文字紀錄下來，就是我們現在的《詩經》。中國古代是很重視詩教育的，孔子問兒子伯魚說：「學詩乎？不學詩，無以言。」一個人如果不先學詩，連話都說不好。唐代更以詩取士，不學詩就也沒有機會參與國家的政事。至於社會朋輩間以詩唱和更不在話下。而中國詩的基本精神是所謂「風人之旨」，它不僅要提昇人的品質，也要影響社會的風尚。孔子又對弟子們說：「詩：可以興，可以觀，可以群，可以怨。」可知詩對人生是多麼重要。但由於時代的變遷，詩教育日漸式微。民國以後，歐風東漸，代之而起的是新文學，胡適的《嘗試集》，可以說是中國新詩的啟蒙，稍後徐志摩、戴望舒等，將西方新詩各流派相續介紹到中國來，中國新詩至此脫離舊體詩的巢臼，邁向一個新的里程碑。

五四以後，從西方引進的新思潮，在國內一時蔚為風氣，在文學創作方面，從浪漫主義、象徵主義、到現代主義、現實主義……。風起雲湧，呈現一片繽紛向榮的景觀。可惜這片浪潮，至一九四九年，由於客觀現實環境的變遷海的彼岸在作者創作空間受到一定的限制，有將近二十六、七年時間，可說是一片蒼茫，近十年來的開放，似乎有了一些新機，但也僅不過「朦朧詩」學步而已；海的這邊，國府初遷之時，文壇可說是一片荒蕪之地，被譏為文化沙漠，好在渡海來台的少數詩人，靠一己之力荷起鋤頭，在這片荒蕪之地開拓與耕耘，五十年代中葉起，這片文化沙漠漸有綠意。這時紀弦所提倡的現代主義，介紹了自波萊特爾以降諸人的詩作，並成立現代派。紀弦的現代風對這片沙漠來說，無異是一陣驟雨，雖然雨急風驟，卻一時有助於沙漠的綠化。但它主張只要橫的移植，不要縱的繼承；強調知性，貶抑抒情。也就助長野草的滋生。有些人走火入魔，不惜使用「自動文字」，標榜「無感不覺」，並以繪畫的表達達派，與超現實主義的意識作為表現新詩創作的新手法，一時圖畫詩、視覺詩，紛杳雜陳，一齊出籠，把現代詩引上歧路，更誤導一些青年習詩者，認為把文字隨便組合，寫出讓人看不懂的東西就是現代詩。這正如唐代詩僧皎然說「詩有六迷」：「以虛誕而為高古，以緩漫而為沖淡，以錯用意而為獨善，以詭詐而為新奇，以爛熟而為穩約，以氣少力弱而為容易。」以這「六迷」來形容現代詩的「迷途」，實再恰當不過。甚至有人寫出「雙人床」、「母新的梅毒」一類淫穢的所

謂現代詩，則更等而下之，已不入流矣！所以後來紀弦疼心偽現代詩的橫行，毅然宣佈解散現代派。紀弦當初力倡現代詩，後來又親自宣佈現代詩的死亡，正是一種「惡紫之奪朱也」的心情吧？也可見「現代主義」的流衍所造成的惡果。

　　詩人高準正生在「現代主義之聲盈天下」的時代，但他居然沒有被當時風行的現代主義所籠罩，可說是個異數。他在台大讀書時和同學辦一份《海洋詩刊》，就提出了他們自己對詩的看法。後來他第二次從國外遊學歸來，與筆者創辦《詩潮》，更明確的提出自己對詩的主張，這個主張亦是《詩潮》同仁所共同的主張，並刊載於《詩潮》創刊號：

（1）要發提民族精神，創造為廣大同胞所喜見樂聞的民族風格與民族形式。

（2）要把握抒情本質，以求真善求美的決心，燃燒起真誠熱烈的生命。

（3）要建之民主心態，在以普及為原則的基礎上去提高，以提高為目標的方向去普及。

（4）要關心社會民主，以積極的浪漫主義與批判的現實主義，意氣風發的寫出民眾的呼聲。

（5）要注重表達技巧，須知一件沒有藝術性的作品，思想性再高也是沒有用的。

　　不幸《詩潮》出版後，被人誣指為提倡「工農兵」文學。並拋出「狼來了」的紅帽子，於是《詩潮》遭到查禁命運，這是臺灣被查禁的第一本詩刊，同時也導致鄉土文學論戰的高

潮。對此高準曾有詳細答覆，茲不必再引。而拋出「狼來了」紅帽子的人，後來卻被人指出其詩竟多有抄襲之作。高準所提倡的詩要紮根於本土，是指要提民族文化及平民文學，並非是狹隘的地區文學，更非現在少數人所搞的意欲分裂國土的「獨文學」。與某些口頭上偶爾也說說「回歸民族」而卻一心只想葬在倫敦西敏寺的人也自然不同。

《詩潮》的方向，實際上也是高準在詩創作上的基本原則。他強調詩的民族性，愛國性，紮根於本土，親風雅餘緒。與紀弦主張「橫的移植，拋棄傳統」，正是針鋒相對。他認為中國舊詩形式或體裁儘可改變，但中國詩的精神內涵宜保留，而且更應發揚光大，他熱愛中國文化，他的愛國情操表現在他的作品中處處可見。他在現代主義之風瀰漫全島之時，而能眾人皆醉惟我獨醒，不受現代主義之影響，主張詩要有民族性，他能獨立思考成一家之見，是難能可貴的。他強烈的民族主義及愛國心，可溯至他讀師大附中時，偶然讀到愛國詩人聞一多的詩；以及他目睹「五二四」事件美軍在臺殺中國老百姓竟然無罪之審判，這件事激起他強烈的民族自尊，其時正當他高中畢業之年，他進台大選讀政治與此事亦有相當大關係。他雖學的是政治學，但他在詩與繪畫藝術上的成就，遠超過他的本行。他在大學所教的課程，早年雖教過政治學，後來亦以詩及繪畫為主。他的著作除《反專制主義大師黃梨洲》係屬政治學術類，其餘如《詳註古今中國名詩三百首》、《中國繪畫史導論》、《中國新詩風格發展論》、《中國大陸新詩析》等均為

文學藝術方面的著作。社會上多以詩人高準見稱，其實他是真正科班出身的政治學者卻鮮為人知了。

詩文學要不要肩負社會教育責任及使命？是多年爭論不休的問題，有人主張詩的純粹性，為藝術而藝術。而高準卻主張詩要有社會性，甚或不諱言政治性的功用。他反對為藝術而藝術，躲在象牙裡自我欣賞的作品是蒼白而不健康的，他在《文學與社會》一文裡說：「文學不是孤立的存在於象牙塔裡面的東西，它是社會的產物……文學既是社會的產物而且必然要傳達於他人，所以文學也必有其社會的功能與責任。」高準所說的社會責任、政治功能，並不是要詩為政治工具，他要詩來淨化人類心靈，發揚人性中美好善良的一面，使人類能自由平等和睦相處走向光明。因此他又說：「文學的社會責任，實際也就是文學的基本目的，它就是要發揚人性，淨化人心，從反映現實以求現實的改進，從抒寫感情以求感情的昇華，從表達人民的真正願望以求願望的合理實現，從表達人生的真面目以求人生之走向光明。」

其實高準所主張的詩有社會性，自然亦並非他的創見，他是承中國文學之統緒，只是進一步闡釋，廣而大之。偉大的文學作品都是反映人生，與人類生活息息相關的。翻開歷史的詩章，無不是在描人間的悲歡哀樂及生離死別。偉大的作家絕不是躲入象牙塔吟哦以自娛，他必須走進人群吟唱出萬民的哀樂。屈原的偉大在於他「雖九死而未悔」，熱愛國家的忠誠；社工部之偉大在於他「窮年憂黎元，難息腸內熱」，關

心黎庶的人道主義，表現詩人的悲憫情懷。高準強調的詩的社會性及政治性，我想該是如此的吧！中國詩所謂「興、觀、群、怨」，關於詩之社會性者四占其三。高準的「親風雅」，是欲將現代新詩溶匯於中國詩的精神而一脈貫通下來。詩經的「風」就是人民唱出的心願，為政者把它採集起來作為施政的參考，這不是詩的政治功能嗎？

　　高準為反對現代詩的頹廢晦澀，和那些超現實的夢囈迷妄的作品，在《論中國現代詩的流變與前途方向》一文中，提出新詩的「新八不主義」：「（1）詞義清新，不作漢語之罪人。（2）情意真摯，不作浮濫之吶喊。（3）結構精粹，不以散漫為自由。（4）韻律諧調，不失聽覺之優美。（5）境界高遠，不作頹廢之虛無。」以上稱為五項基準。另月三項方針是：「（1）加強的吸收傳統精華，繼承光大民族的歷史命脈。（2）深切的關注社會現實，堅決在中國的土地裡紮根。（3）熱烈的發揮抒情精神，澈底清除『超現實』之迷妄。」事實上他在創作上也謹守以上的原則，我們從他的作品窺見他踐行的工夫。他的創作態度非常嚴謹，經常一個作品之完成，而數易其稿，一字之推敲，亦常幾經更改始能決定。所以他呈現給讀者的作品，幾乎均是完美無瑕，不但沒有敗句，連不恰當用字亦絕無僅有。這從他的《高準詩集》一書，足證我言之不虛。高準刻意去經營他的作品，不僅力求內容之完美，亦力求形式之完整，他呈現你面前的作品如一塊美玉藝術品，卻沒有斧鑿之痕，所謂「力勁不露，露則傷於斤斧」，非高手莫能

臻於不露之境，於此可見詩人之功力。

試舉《詩魂——屈原二二五〇祭》一詩可窺一斑：

想那初夏江南，何等璀璨！
那洞庭的波光，金碧輝閃，
涉江以採菱兮，桂棹蘭槳，
叢叢的薜荔呀，在汨羅江畔。

芳菲滿目的江南啊詩人的故鄉，
潺湲的江水呀！歌著你的詩章。
你的詩——瑰麗兮激揚！激揚著
千古愛國的心房，纏綿的肝腸！

啊你孤潔兮忠貞，熱血沸騰，
你悲憫兮憂憤，向罪惡抗爭！
你呼號行吟，要喚起誰的振奮？
你化入清波，卻留下了真善美聖！

看！那山川壯麗是你的詞彩，
那萬里的風雲，是你的天才，
那浩瀚的原野，是你的氣概。
詩人的祖國啊！我多麼熱愛！

請試問：荷馬或但丁，歌德或雪萊，

萊茵河與不列顛，意大利與愛琴海，

誰又能篡奪，你亙古的冠冕？

誰又能掩蓋，你杲杲的光燄！

啊啊，民族的詩魂呀詩魂之邦甸！

你原是那永生不朽的神木參天，

誰能信那吳剛揮斧砍得斷桂葉？

那神州萬里如今卻瀰漫著荒烟？

啊啊，詩魂的民族呀民族之詩魂！

你原是那不死的鳳鳥，一再重生，

你必將從火浴裡呀再度灑布清芬！

為你祝禱呀，祖國，請讓我獻身！

這首詩不論在內容和形式上，都是一首完美的佳作。此
詩寫成於一九七三年，正當大陸「文革」時期。詩人藉憑弔屈
原，而寫自己對祖國的痛切之愛。讀高準的詩，有一種「行神
如空，行氣如虹」的勁健磅礴之勢，而使人熱血沸騰。這在他
《中國萬歲交響曲》一詩中最能表現出來：

從帕米爾皚皚雪嶺的東西，

一萬里路，直到太平洋浩浩的西邊。

從黑龍江荒寒漠漠的河沿，

一萬里路，直到芒市鬱鬱的芭蕉林間。

那是我光榮的祖國之所在，

五千年創造與奮鬥的家園。

……………………

啊啊！祖國呀祖國！

地靈人傑的創造奮鬥的家園！

我願你神州八億，人人盡是英雄！

我願你五湖四海，處處奮鬥著豪傑！

我願你萬里江山，遍地歌聲雷動！

我願你百世千年，永遠是立地頂天！

　　這只是《中國萬歲交響曲》其中的兩節，全詩非常長，
未克全錄。這首詩氣勢宏偉，感情真摯，他歌頌祖國山河的壯
麗偉大，希望所有中國人都是頂天立地的英雄，希望自己的
國家國富民強。這種強烈的愛國情懷，令人奮發昂揚，目前一
般青年人對國家民族冷漠與淡薄，讀了這首詩也該有所激勵與
覺醒。在《高準詩集》裡，像這樣振奮人心的作品還很多。如
《神木》，《出塞吟》，《碧血》等均為不朽之作。而《念故
鄉》更是一首感人肺腑的抒情作品，茲摘錄起首部分如下：

　　是永恆的情人在夢裡飄渺

是生我的母親卻任我飄泊

　　故鄉呀

我的故鄉是中國！

自從我有了知覺　故鄉呀

我讀你的名字　聽你的名字

我寫你的名字　喊你的名字

一萬　兩萬　三萬　多少萬遍了呀！

　　你的名字呀就是光彩與驕傲

　　你的名字呀就是美麗與榮耀

　　但我卻見不到你的容貌

　　──自從我開始尋找……

　　只有浪跡天涯的人，最能體會到詩中的情懷。據作者說，
這首詩曾由旅美音樂家魏立女士改編譜曲，在海外演唱。魏女
士原籍臺灣而自幼居住大陸，後又遷往美國，曲成之日，並邀
作者同到美西太平洋之濱，面對波濤之外的祖國高歌一遍，海
天茫茫，鄉關萬里，真是歌聲迴盪，遊子神傷！哪一個人願飄
泊海外異邦？不願回到自己的故鄉呢？可是他們有家歸不得，
只有呼吸著太平洋彼岸的空氣，看著那兒的晚霞與落日，日復
一日呼喚著故鄉的名字。是誰讓他們浪跡天涯？中國人啊！還
不應該有所反省嗎？

　　有關詩的美學，高準也提出他的看法。他以謝赫所說的

「氣韻生動」為依歸。但何謂「氣韻生動」？詩人沒有詳說，我在這裡不妨代為略作詮釋：「氣韻生動」，原是指繪畫上的品格而言，絕妙的畫品分為逸格與神格。元黃大癡的畫，人稱之為逸品，也即是逸格。宋人陳與義的「墨梅詩」云：「意足不求顏色似，前身相馬九方皋」，即是逸格之外，還有神格。昔人為神格所下定義：「大凡畫藝應物像形，其天機迴高，思與神合，創意立體，妙合化權。開廚而走，拔壁而飛，故目之曰神格。」神格者，即神化及生動也。神化生動的作品，非天才而不可成，故《圖繪寶鑑》上說：「氣韻生動，出於天成，人莫能窺其巧者，謂之神品。」高準將繪事美學移用之於詩，而別有見地。李東陽《懷麓堂詩話》說：「詩在六經中，別是一教，蓋六藝中之樂也。」古時的詩大多都能入樂，入樂必有韻。高準所指的「氣韻」除音韻之外，還作韻味解，詩如沒有韻味即不成詩。我這樣給「氣韻生動」加註腳，未知詩人以為然否？在此我願附帶一提的是：一般人多注意到高準氣勢宏博的詩篇，其實他的愛情詩也寫得精麗而有韻味。如《心願》寫海角天涯的戀人生活，令人神往。

嚴滄浪云，詩法有五：「曰體製，曰格力，曰氣象，曰興趣，曰音節」。詩人高準之作品，於此五者皆備，此非學力深厚，廣讀群書，文學素養精湛，不克以達斯境，豈是學殖淺薄所謂「現代詩人」能窺其堂奧？最後，我願引用對於宋代大畫家夏珪的幾句評論來結束本文：「他可說是一位萬里河山的歌頌者與刻畫者，在他的筆下所表現出來的都是廣大的無際的

空間，使人讀之肅然神清，悠然意遠，有一種海闊天空的壯大氣勢逼人而來。」繪畫需有此壯闊的胸襟，寫詩又何其不然？躲在象牙塔裡自我陶醉呻吟囈語的詩人啊！該走出塔來曬曬陽光，看看那祖國遼闊的大地吧！

民國80年4月1日台灣時報

附錄三：讀野農詩之錄
——兼談詩的晦澀與明朗

丁穎

　　詩為中國文學之首，在沒有其他文學之前，甚或沒有文字之前就有詩了。之後，像是「之我蒸民、莫匪爾極，不識不知，順帝之則」。相傳是堯帝時代的詩歌。大家都知道，中國第一部詩集就是「詩經」，而詩經裡記載的詩，大都是在沒有文字之前，人民為抒發情懷「手之舞之，足之蹈之」所唱的一些民歌，所以說詩為文學之首。詩經裡二風「周南」與「召南」，就是周代的民歌。中國詩基本精神是所謂「風人之旨」。它不僅可提昇人的品質，亦可影響社會的風尚。「風之教化人民」，「雖無為而自發，乃有益於生靈」，故詩疏說：「風之始也，所以風天下正夫婦，動天地感鬼神莫近於詩」。可見詩於人民生活中是多麼重要。古時候對詩教育是很重要的，孔子就問他兒子伯魚說：「學詩乎？不學詩無以言」。古時設有採風官，彙集人民歌謠，以觀社會風尚，做為在上者施政之參考。唐更以詩取士。欲入仕途為官，必先會作詩，因而那時的讀書人莫不知詩。所以我說中國是個詩的民族。但由於

時代的變遷，詩教育日漸式微，民國以還，歐風東漸，代之而起的是新文學。胡適的「嘗試集」可說是我國新詩的啟蒙，稍後李金髮、戴望舒等相繼將西歐新詩各流派介紹到中國來，中國新詩至此脫離舊詩的巢臼，迎向一個新的里程碑。

　　鄉賢潘皓教授，是一位社會學者，他的學術著作，教育部曾選為大學用書，在學術界自有他的定位與成就。但近幾年他相繼推出幾本新詩集，可見他除社會學的專業，復把觸角伸向詩文學的領域。日前承他惠贈最近出版的「野農詩之錄」，沐香拜讀數遍，沒想到這位社會學者，而對新詩造詣亦有如此之深厚。潘皓的詩在形式上可說是自有風格；諸如他的詩句有時長達數十字，但在斷句上有他自己的技巧，讓人讀起來並不感吃力或拗口，內容上乃兼容各家之長。他的詩最大特點是：明朗但不流於告白，含蓄而又不流於晦澀，這是一般人很難做到的。把淺語寫得有味，深意寫得雋永，非學養厚殖者難臻此境。過去有人把詩分為「隔」與「不隔」，所謂「隔」，就是晦澀不易懂，「不隔」就是明朗易懂。比如古人詩「池塘生春草，空梁落燕泥」，「採菊東籬下，悠然見南山」，其妙處即在於不隔，而「酒祓清愁，花消英氣」，「謝家池上，江淹浦畔」則隔矣！隔也就是晦澀難懂，不如前者明朗一看就懂。潘皓的詩多屬於明朗的，少數詩句看似稍隔，其實他是用隱喻與象徵手法來表達的，但細看還是可以明白其詩意的。不像時下有人把詩寫的如謎語，不僅佶曲聱牙，晦澀難懂，甚或不知所云。寫這類詩者有兩種人，其一是初學寫詩者，認為現

代詩只要寫得讓人看不懂，從字典裡找幾個生僻字湊成行就是現代詩。其二是故意標新，以顯淵博與深奧，這類人大多是有多年詩齡，他們認為詩要「超現實」，要有「禪味」，甚或不食人間煙火。如果我們現代人都不懂現在人寫的詩，千百年後還會有人看得懂嗎？現在人如果稍讀書識字，大概都會唸幾首古詩：「春眠不覺曉，處處聞啼鳥，夜來風雨聲，花落知多少」。「窗前明月光，疑是地上霜，舉頭望明月，低頭思故鄉」。或「烽火連三月，家書抵萬金。」這些詩句至今能讓人朗朗上口，就因它淺明易懂，而我們現代人的新詩，我懷疑千百年後能有幾人讀得懂？至於說詩要有「禪味」，要頓悟方可明白，其實也不盡然，如寒山、拾得所寫禪詩：「身為有限身，死作無名鬼，自古如此多，君今爭奈何」？「微風吹幽松，近聽聲逾好，下有斑白人，喃喃讀黃老，十年歸不得，忘卻來時道」。《寒山》「寒山住寒山，拾得自拾得，見時不相見，覓時何處覓？借問有何緣？卻道無為力。」《拾得》再者，如世所共知的六祖衣缽詩：「菩提本無樹，明鏡亦非台，本來無一物，何處惹塵埃」？他們都是禪宗高僧，這些詩不是也淺明易懂嗎？在淺明中有至理，讓人回味無窮。所以我們寫詩即使要有禪味，亦不必非寫的像打啞謎，讓人丈二金剛。好詩不在晦澀難懂，而在有「餘韻」，給人想像空間。後主「流水落花春去也，天上人間」，即在可解不可解之間，給人無限的想像，而餘味無窮。詩只可會意不可言傳。王國維將「驀然回首，那人卻在燈火闌珊處」，評為最高境界，意即在此吧！

現代詩之為人詬病，是因有些晦澀得讓人不解，標新立異，故弄虛妄，而這類詩乃一種「病詩」。唐詩僧皎然說詩有六迷：「以虛誕而為高古，以緩漫而為沖淡，以錯意而為獨善，以詭詐而為新奇，以嫻熟而為隱約，以氣少力弱而為容易。」以這六迷來形容時下那些自以高古，自以新奇的晦澀詩，亦不為過，這正是現代詩的「迷途」。我們綜觀潘皓的詩，卻未見有如皎燃說的「六迷」之病。這集子所收之詩，雖說都為近年所寫，但從詩的內容時空上看卻跨越了六十年之久。有些憶往懷舊之作，是寫國府遷台之前，內戰方熾，徐蚌會戰失敗後，他隨著離亂人潮南走，逃亡途中經歷的苦難，是讓他刻骨銘心的。「相約望江樓」及「一場戰爭一卻演成我一則詩與夢飄搖故事」，這兩首詩都是抒寫他當時的心境。潘皓的詩，雖說寫的是個人的經歷故事，但他走過這個時代，留下這些詩篇，雖是雪鴻泥爪，而我們從這些詩篇裡，可窺見這個時代的縮影。潘皓是位社會學者，也許他對社會的體認與關懷更異於常人，所以字裡行間流露著濃濃地熱愛家國與關懷社會的情愫。試看：

　　　九月的黃昏
　　　覆蓋著哽咽的江流
　　　晚來的潮汐
　　　擁抱著破碎的山河痛哭

這是何等情操？屈原之偉大，在於他熱愛國家，「雖九死而未悔」。杜甫之偉大，在於他「窮年憂黎元，嘆息腸內熱」，關懷黎庶的人道主義，表現詩人的悲憫情懷，而潘皓兼而有之。安史之亂，杜甫逃亡西蜀，寫了不少離亂的詩，「野哭千家聞戰伐」「行人弓箭各在腰」。潘皓就是在「戰伐」的年代，從安徽老家一路逃亡至海島的。我們先看他的「相約望江樓」：

　　　　儘管已越半世紀
　　　　可我的凝眸
　　　　卻依然停滯在那扇朝向
　　　　北北西的窗口

　　　　當徐蚌會戰的砲聲
　　　　斬斷了關山路
　　　　在雪夜我仍以熾熱的
　　　　情懷守候望江樓

　　　　就這樣從煙波千里
　　　　揮別暴風雨的
　　　　那一瞬間，一個何等的殘酷
　　　　割裂了的創痛啊

如今，依然在
我心海中隱隱地顫動著
依然在落日
燒焦的雲嶺飄搖

　　這首詩寫於二○○四年九月，是一首憶往懷舊作品。這
首詩的時空背景故事，作者在自序裡這麼寫道：「當徐蚌會戰
失敗後，我於一九四八年十一月間，為了避免戰火波及，即自
故鄉鳳陽逃亡到南京」。他和一位女同學，相約在南京的望江
樓會面，一同流亡，相偕南走。在寒風蕭蕭地雪夜，他望著北
方，癡癡的等候那位女同學到來，可是他失望了，最終不見伊
人倩影。最後他只好在秦淮河畔的笙歌淹沒在一片砲聲裡，帶
著一顆失落悵然的心，告別南京續而南下杭州、廣州、香港，
最後來到台灣。這位女同學是他小、中、大學同窗唸書的硯
友，那份純真情感，數十年念念難忘，也許是最初的就是最美
麗的。人生的際遇，一個不期然的奇遇，或一場讓人盪氣迴腸
戀情，都使他難以忘懷，可見這份美的感情，在他心靈裡是多
麼深刻。他另一首「一場戰爭」，描繪的也是這段故事：

老天爺真的是
會捉弄人
我於不知愁的年代
曾寫過一首命題為虹的詩

時雖超過半世紀
卻依然在天之外飄搖

或許，這是因為
滾滾煙塵劫
在夢中我和她相對悵望
悄不甘坐待於死亡
沒想到這首詩當徐蚌會戰爆發後
幾已演成驚恐的斷句，殘章

這時我已跨長江之險
來到首都的金陵
在一個無以名狀的情況下
頓感悲痛欲絕
眼看那滯留斜陽外的夢竟幻為
彈片滴落若星雨的茫然

而且石頭城外的黃昏
似在棲霞山泣血
雞鳴寺的鐘聲，怎麼敲
也敲不醒夜底低迷，而我雖能吟著詩
擎著夢從一場戰火中脫困
可是卻成了浪跡天涯的一孤鳥

如今我只有在默默地

以神思之悠悠

金風之颼颼，飄起她那

茂密如森林的秀髮

使之散發為凌空涓絲瀑布，好把這詩與夢

捲起了另一道另類的漩流

　　潘皓這兩首詩都是寫他那位女同學，也都是寫戰爭的殘酷，但他以不同的面貌呈現給我們。同是寫的真摯感人，讀之為之動容。像「石頭城外的黃昏，似在棲霞山泣血」，這樣淒美的詩句，比之古人亦無遜色。南京是六朝古都曾留下多少淒美的愛情故事？夢斷金陵，如今又添一樁。凡是經歷過大陸撤離那一段苦難歲月的人，想皆有同感，一掬共鳴。自古多少有情人在戰爭中被拆散，生離死別的痛苦，未經戰爭的人是不能體會於萬一的。這兩首詩非常成功，不僅內容感人，形式亦工巧。前者四段每段四行，後者六段每段六行，使詩有均勻之感，由此可看出作者技巧之圓熟。

　　到台灣後的數十年，潘皓更寫了不少好詩，他將生活的點滴及觀感均溶入他的詩裡。這裡先看他反映社會現實的詩句：「當我從制高點，俯看大地發現一群醒獅們，正在凱達格蘭大道，向黑暗發出憤怒的吼聲」。這是寫紅衫軍反貪腐場景。「有一群怪獸終日跟著火球在比賽瘋狂，而且以自閉的心

態，關起門來打造劇本，將不知如何面向世界化的地球村，在國際舞台演出」。台灣的政治人物，就是這麼短視，每天在玩火自焚，且夜郎自大，沒有國際視野。「即使鎖國，照樣會把骯髒暴出來，躍上國際媒體新年度的十大醜聞」。「也許是個失意的社會，讓大多曾發亮的政治人物，瞬即自浪波中隨風而逝。」「藍說不獨、綠說不統，人民不武，未來呢？就讓時間去說吧」！「最雪亮的莫過於人民的眼睛，貪焚則只有坦然面對。」潘皓熱愛我們生活的這塊土地，所以才對政治人物嚴厲批判，這在那些「超現實」者眼裡認為是政治詩，但這正是潘皓對社會的關懷，對蒼生的悲憫！千百年後人們或可從這些詩中窺見今日社會風貌。正如我們從前人詩中得知那時的社會情景。潘皓的小品、短詩，也都寫的清逸精緻，如：

昨夜，我以詩潑灑星雨
今晨，詩讓我吟唱黎明《我與詩》

遍地烽火
把藍天
燒成一片暗《即興》

沙漠茫昧
讓孤島
只好凌空飛颺《即興》

只因她那一笑
使得寂寞
而遼闊的夜空立即飄起一道
白髮三千丈的滾滾江流《星雨奇觀》

　　這些詩意象鮮明隱喻得宜。在潘皓的詩裡這類珠璣佳句，俯拾皆是。詩之好，在精而不在多。宋潘大臨「滿城風雨近重陽」一句之得留傳千古。乾隆貴為皇帝，一生寫了四萬多首詩，又有多少留傳下來？我們除看過他極少數幾首題畫詩，其他就鮮為人知了。這個集子裡還有許多可讀性很高的詩，如「阿里山的歌聲」、「淡水觀海」、陽明山「賞花」、「碧潭的黃昏」等，這些寫景兼抒情的詩，正是作者對大自然的嚮往與詠嘆。我不再抄錄就留給讀者自己去欣賞吧！

　　　　　　　　　　　辛卯年八月於台灣文化城夢痕齋

附錄四：清純真情的文學
——丁潁新詩評析

王北固

　　新文學運動中最具「新」的意義與特質的就是「新詩」，由於受西洋文學詩的影響，破除了中華文學傳統詩詞格律音韻的限制，在創作形式與內涵思想上，出現兩種新的自由情況：一方面是大幅度以白話化而群眾化，配合當時的反帝救國時潮，往「革命文學」發展，形成左翼文化的社會運動方向；另一方面是受西洋唯美主義、象徵主義與象牙塔風尚影響，而有哲學化、個人主義化、抽象化的現代派結果。

　　一九四九年兩岸分隔後，前者在大陸成為絕對優勢的主流，而在台灣被「白色恐怖」封殺；後者在大陸幾成絕響，1980年代以後「翻身」成為已完全不再社會運動化的新主流……。在台灣則成為西化派、現代派的引領者。就文學本質嚴格而論，這兩者都不算成熟。前者「革命」成功了，也「為國捐軀」了，啟發、鼓舞數億人數十年投入反帝救國運動，而本身在社會改造運動重大成就的意義之外，文學特質精練不足。後者的問題比前者更嚴重，因為涉及思想、哲學與民族文學本位的爭論。這裡無意討論這些爭議，而是以陳述這個具時

代背景的二分現像，來突出在兩者之外清純文學的詩人丁穎的
新詩特色。

一、孤獨者的唯美情愛新詩

　　傳統習慣以「風、騷」二字歸納中華文上古詩篇。「風」
指《詩經》；「騷」指《離騷》；漢武帝獨尊儒家以來逐漸形
成《十三經》文化主流，《詩經》居群經之首而壓下了《離
騷》地位。《詩經》風、雅、頌，都是群性，孔子說的「可以
興、可以觀、可以群、可以怨」，四種境界都是群性（國風，
民歌為主），談不上個人。要到戰國時代的孟子提出氣、論
勇（「雖千萬人吾往矣」……），同一時期，在文學上重大表
現的屈原《離騷》纔突出個人的「怨」。「風」與「騷」的最
大差別在〈風、雅、頌〉的「群」性，而其「怨」性仍是群體
之怨而少具個人色彩，遠不如《離騷》。拿《離騷》的「怨」
來對照比較於「五四」以來的現代派、西化派，又可以反過來
發現：現代派、西化派的現代式、西式的「怨」，又太象牙
塔、太抽象、太哲學化。而仔細咀嚼《離騷》，則可以發現其
「怨」中卻仍有「群」性的家國命運的關懷，微妙之處在此。

　　於是，在清純文學之中，找到了上述的左右「對立」中的
「怨」者的存在。

　　從屈原〈天問〉、〈卜居〉：到陳子昂的〈登幽州台歌〉：

　　　「前不見古人，後不見來者。念天地之悠悠，獨愴然而

涕下。」

　　在傳承，延續中華文學歷代詩人、詞人的孤憤、「怨」之中，丁穎的新詩，有個人更為獨特的風格。可以拿他在一首〈啞了的雲雀〉詩來看：

　　　　天外飛來一隻啞了的雲雀，
　　　　棲止在我窗前的鳳凰木上；
　　　　如一飄然白髮垂垂的哲人，
　　　　每天在那兒默默低頭的沉思冥想。
　　　　有時他輕嘆天邊的雲霞消逝，
　　　　有時他又為點點落紅而感傷！
　　　　他落寞的數著歲月人事滄桑，
　　　　但匆匆地行人都似已將他遺忘。
　　　　有一天我發現他對長空無限惆悵！
　　　　我說你為何這樣哀愁不再歌唱？
　　　　是沒有可歌的故事，
　　　　抑或沒有知音欣賞？
　　　　他搖搖頭說流浪的翅膀早已飛倦。
　　　　那有心再歌唱這異地風光。

　　這是一首押了韻的新詩。詩裡的「哲人」、「沉思、冥想」、「人事滄桑」有屈原的影子與味道之外，「輕嘆天邊的

雲霞」、「落紅點點」卻帶有自然主義的對於美的細膩感觸，其中又蘊藏著個人命運的無奈。

　　帶著輕嘆與細微的感受，自然主義的唯美追尋，其中又夾雜著人生命運，這種風格遍布於丁穎大部分的詩作當中，並且有不少精品，如：

　　　〈紅葉〉
　　　是誰，偷偷地把秋剪貼於少女的雙頰
　　　於是，整個宇宙都醉了
　　　以全燃的感情
　　　以西風的姿

　　　〈春醒〉
　　　踩著晨曦與清露
　　　我聽見泥土中的呢喃
　　　她就那麼的，自甜眠的
　　　孕育中醒來
　　　長長的睫毛上，猶掛著冬的迷濛
　　　而一串串生命的喜悅
　　　乃自她玫瑰的微笑中
　　　誕生。

　　從〈春醒〉裡可以感覺到一份纖柔細膩的期待。這份期

待，比陳子昂的心境積極的多，而完全沒有屈原的孤憤：因為其中蘊涵了情愛與唯美的遐想睿思。這又是丁穎詩作的另一個特色。

〈期待〉
昨夜，我敲落滿天星子
綴一串銀色的項鍊
今晨，我摘下盈罈露顆
釀做青春的酒
黃昏，我凝眸窗前
期盼我待宴的客人
唉！暮色漸濃漸密……

他的期待是什麼？他期待一份心的慰安，期待心中愛的那個人，可是直到暮色四合，夜暮深垂，他期待的她卻沒出現。他那份失落與失望的心情，可想而知。

期待之中，主要是感情，感情之中以愛情為最；而愛情恆以美感編織，編織在時空玄想與命運的交錯之中。

二、同樣是存在哲學的高手

唯美與愛情自古以來就是文人的宿命，其中的癥結主要自我投射，浪漫情懷，與思維客體，期望美與愛情之後，思維主體自我定位歸屬的不確定感導致的迷惘與惆悵。從上古屈原

的極度自我疑問，到現代西方存在主義哲學的「荒謬」。這其中，丁穎同樣是存在哲學的高手，且看接下來這首境界：

〈悵〉

就是那麼的走著

在夜的長廊上

向東，復向西

沒有目的，沒有依歸

什麼都沒有，怎麼好呢

他就那麼走著

向東，復向西

他就是那麼的走著

向東，復向西

沒有霧，何其茫然

什麼都沒有，一個遠去的影子

在風前閃亮，那麼遙遠，那麼依稀

他走著，向東，復向西

唉，怎麼好呢

這首帶有現代歐洲存在哲學著名舞台劇《等待果陀》的味道，又帶有卡繆讚頌的《薛西弗斯神話》（反複推巨石上山又復落回原位的徒勞空幻宿命哲思）氛圍的哲學詩，補足了丁穎在台灣詩壇的一件重要的事情：在疏離或被遺棄於現代派之外，丁穎

仍有其可以傲視現代派或西化派的「哲學境界」潛力。可以拿這首〈悵〉與傳統詞曲處理這個境界的兩位高手比較：

李清照的〈如夢令〉：
　誰伴明窗獨坐，我共影兒兩個，
　燈盡欲眠時，影將也把人拋躲，
　無那，無那，好個悽惶的我。

馬致遠的〈越調、天淨沙〉：
　枯藤老樹昏鴉，小橋流水人家，
　古道西風瘦馬，夕陽西下，
　斷腸人在天涯

比較之下，李清照自我太過強烈，馬致遠又太過無我，前者因此幻滅，後者魂斷於空無，而丁穎卻在清淡飄逸的荒謬中，超脫了薛西弗斯。
而在生命路途的延伸之中，卑微的撿拾著，期待夢裡的豐收。

〈秋收之後〉
　我撿拾滿廊的西風
　撿拾夢的殘骸
　走在霏霏的雨中

我困於一網的淒迷

　　路延伸著，歷史延伸著

　　生命亦延伸著，然而

　　在這人生的第三季節

　　該裝滿一口袋金色的豐收

　　為什麼，我還有這過多的哀思

　　生命的態度積極過度，熾烈而至於摧折，超越過度而失位騰空墜落……都是文學家不可避免的試煉。丁穎以細緻、自然、真情而或有激情的表達……而不矯情、不焦慮。自古以來，文學的第一大陷阱，就是求美修飾過度而矯情，現代西化式文學為掩飾矯情而抄襲荒謬，結果畫虎不成反而暴露了焦慮。丁穎的詩最珍貴、最動人之處是：無盡的孤獨、痛苦、激情、渴望、徘徊，就是不見焦慮。自古以來，文明造福人類物質生活之餘，也帶來了精神上的焦慮，文學的功能之一是解除焦慮。

　　但矯情文學又形成了潛在的次層焦慮。近代現代西方文學受存在哲學侵蝕過度而深陷焦慮，最後以荒謬來偽裝解脫，其實是自我搪塞。丁穎深情的文學能不見焦慮，其實才是人生文學的極致。

三、文學清流、家國命運

　　今天在二十一世紀已進入第十五個年頭，海峽兩岸文化交流已超過二十五年以上，回顧台灣過去（自一九四九年以來）超

過一甲子有餘的歲月，大多數人在「享受」了三、四十年的社會運動、政治初醒、革新渴望以後，以文藝作為文化現象的主流與精髓而言，肯定一九七〇年以來社會與文藝的雙重覺醒，與迄今仍十分生澀的創新探索之中，相當委曲並且迂迴繞過了一九七〇年代以前，有二十多年歲月的文學徬徨、沉淪時期。

委曲與迂迴繞過的原因，是因為政治上的白色恐怖，造成文學迷盲、沉淪，表現在兩種「主流」現象上：在朝的反共文學與在野的武俠小說，確實令人不堪回首。

相對於不堪回首的一九五、六〇年代的「白色麻痺」，一九七〇年代以來至今台灣的文學表現，其實免不了有些許過度矯作（模仿西方或投射向第三世界），而難以在大渾沌的時代裡，明確的找到自我定位。前後兩個時代的對照中，其實被忽略或遺忘了曾跨越這兩個文學時代，而在眼花撩亂的「幾種主流」之外，還有一種「清流」存在——不是政治爭執或社會風潮中的清流，而是文學「清純之流」。清純之中，是詩人丁穎對家、國命運感懷的傾訴。

丁穎八十六高齡之作〈我家大宅院〉：

在我小傳裡，有句話「髫齡失恃，養於舅氏」
我雖自幼，生長在外祖父家
但我從未見過外公外婆
先慈是外祖父最小的掌上明珠
外祖父母疼愛有加，村裡人

皆稱母親為三姑娘，出閣時
嫁妝就是外祖父家前面一幢二進的大院子
有些花木果樹
大門樓子特高，青磚砌成的
燕雀常於上面營巢飛來飛去
倭寇侵華，離亂年代
在烽火中，揮別生長我的大宅院
於今七十餘載，蓴鱸之思
常縈胸際，今秋得返故里
我日夜夢想的大宅院啊！已無蹤無跡
不見半片殘磚斷瓦
這就是人常說的「滄海桑田」吧

　　在這首家、國命運感懷傾訴之前兩年，他以下列這首〈不知名的小紫花〉自況：

一株不知名的小紫花
默默的開在人行道旁
以清風為鄰，明月為友
雨露是你成長的營養
有人說你是紫荊，或紫菫
不管你叫什麼？
都無損你天生麗質，無損你的美你的雅

以及你內在的一縷淡淡的清香

多少路人匆匆走過，

似乎都將你遺忘

偶有人投一艷羨目光，

但也是驚鴻一撇

從不停下駐足欣賞

其實，你無需世俗的讚美

也不屑虛假的頌揚

你看慣紅塵百態

不計人們蜚短流長

依舊悠然自得的綻放

任星換月移，春來春去

你寧守著寂寞，不因無人賞而不芳

　　「看慣紅塵百態、不計人們蜚短流長，依舊悠然自得⋯⋯
春來春去⋯⋯寧守著寂寞⋯⋯」這是歷盡家、國命運之後的人
生至境，這是恬淡真情文學的清純自得。丁穎的文學裡，對於
美感、女性與自然有各種情境與哲思的悠意追尋、探索，而絕
對不見邪思、誇談與矯情，這是人間真正的清純真情文學。

編按：本文摘自作者所撰〈文學與家國命運交織的三樓作家
　　　——丁穎新詩、散文、小說的評析〉。

附錄五：舊時天氣舊時情
——丁穎《舊詩詞存稿》等讀後

謝輝煌

　　年近九十的資深詩人丁穎先生，本名丁載臣，安徽阜陽人。1928年生。因穎水貫穿阜陽，所以，他不僅愛將出生地寫作「穎水之濱」，並以「穎水之濱」，「穎」為筆名。

　　丁穎先生的幼、少、青年三個時代，大致都在兵慌馬亂中渡過。因為，阜陽、徐州、蚌埠，連起來正是個直角三角形，且三處都是江淮平原上的交通要道，古今多少天災（水患）人禍（戰爭），都發生在這個區域。總算老天有眼，明察秋毫、讓我們的詩人在國共內戰中的一場大廝殺「徐蚌會戰」之前，唸完了大學。接著，在「風聲鶴唳，草木皆兵」的逃離聲中，揹起了包袱，於那個「北雁南飛」的季節來到了台灣。

　　丁穎先生來台後，落腳於濁水溪畔的「諸羅山城」（嘉義），先後結識了「同是天涯淪落人」的李飛鴻……方艮、彩羽、周伯乃等。那時，他們雖在逃難途中，但還有餘力經常買醉荒村野店，詩、酒、歌、戀地少年輕狂了一陣子。更以讀書、寫作、煮字療飢充實生活內涵。後來丁先生轉到台中，除

在中學教書外，並創立藍燈文化事業公司，及與友人創辦多份報刊雜誌等。另外，他也熱心參與政治。真可說是跨足文化、教育、新聞、出版、政治的多角詩人、作家。感情豐富，越老越戀舊。誠如他在《葡萄園》208期發表的〈詩的誕生〉：

「寫詩，猶如生孩子……不分男女／不管美醜……別人或不肖一顧／自己總以為是件傑作……」。

最近特將他「大難不死」（未遭散失）的《傳統詩詞存稿》，分享給詩友。讀後不禁手癢，故拈幾篇來聊聊。看〈清平樂〉：

寒衾斷夢，萬里雲煙重。昨夜西風吹屋縫，啟戶遙看月動。匆匆一別三秋，不見王師鼓舟。海角哀鴻待哺，幾時收拾金甌？

這應是丁潁先生於民國40年秋冬間寫的一闋「怨」詞，「一別三秋，不見王師鼓舟」可為註腳。詞的上片意思是說：午夜夢迴，想起故鄉，雲煙萬里，隻身飄零，何日是歸期？秋風呼呼地吹著，起來開門一看，但見月兒跑得很快（實則是風吹雲動所產生的錯覺）。下片的意思是因「月兒跑得很快」，引起了異鄉人對時光過得很快，且一去不復回的惆悵。接著想起到了離家已三年，又想到了蔣總統在民國39年5月16日講過

「一年準備，兩年反攻，三年掃蕩，五年成功」的訓詞（按：最早為民38年6月29日所提出）。依時間算來，應是「下達反攻令」的時候了，為何卻「不見王師鼓舟」？究竟要到那一天才能河山重光啊！此中哀怨，與〈綠島小夜曲〉中的「姑娘喲，妳為什麼還是默默無語？」異曲同工。

〈清平樂〉這個詞牌，很容易和李白的〈清平調〉相混，但李白的是詩，而〈清平樂〉是詞。在形式上，此詞共46字（標點在外），分上下兩片。上片是四句，字數分別為四、五、七、六。押仄聲韻（夢、重、縫、動）。下片四個六字句，押平聲韻（秋、舟、甌），第三句不押韻。另外，句中平仄，也有近似律絕詩的規定，與「一三五不論」的融通，但「順口」是第一要著，以便吟唱。

丁潁先生這闋詞，從形式到內容，都有他的力道，但有一、二字不妥。如「吹屋縫」的「屋」字，雖是「仄」聲，總不如「瓦縫」響亮。再如「收拾」二字，雖有蘇東坡「剛被太陽收拾去」、岳飛「待從頭收拾舊山河」等例句，但也有「看我怎樣收拾你」的教訓味，還是「收復」或「重見」，較切合當時情景。

其次，看他的七律〈重九感懷〉：

客裡孤吟漫說愁，茱萸相憶月如鉤。

黃花自有西風約，紅葉平添海角秋。

何處登高吹落帽，為誰買醉換輕裘。

年來多少尊罍夢，都付山溪日夜流。

　　這是一首平仄、黏對合律，且無「下三平，下三仄」等犯忌現象的七律。以「十三尤」為韻，仄起平收，起句用韻，韻腳為「愁、鉤、秋、裘、流」。作詩的詩間，由「小溪」二字看來，應是他和方艮等困守「濁水溪畔」的時期。前文提過，起初，他們還經常買醉荒村野店，少年輕狂了一些時日。後來，似乎發現苗頭不對，而有前途茫茫之感。「重九」光臨，愁興一發，便大有李白〈將進酒〉那種「五花馬、千金裘，呼兒將出換美酒，與爾同鎖萬古愁」的悲壯豪情。所不同的是，他們那時無「兒」可「呼」，只好自個兒把從北國帶來的羊裘、皮袍之類，送進當鋪。不讓杜甫「朝回日日典春衣」專愁於前。

　　回看此詩，詩題「重九感懷」，當然是重陽節的感興之作。傳統詩講「起、承、轉、合」，又講求「破題」，此詩屬「暗起」的筆法，只用「客裡、孤吟、愁」等意象，把詩情帶到王維〈九月九日憶山東兄弟〉：「獨在異鄉為異客……遍插茱萸少一人」的意境中去。順理成章，意到題破。「黃花」即「菊花」，再聯想到崔曙〈九日登望仙臺呈劉明府容〉的「陶然共醉菊花杯」，有味。而更妙的是「自有西風約」。「紅葉」跟「重九」雖無特殊關係，卻是深秋佳景，陪對「黃花」，色彩富麗。而「平添海角秋」，就又說到「異客」的心坎裡去了。這兩句是律詩的頷聯，不能承接了前面的詩情，

而且對仗工整。更值得一說的是，「秋」字借作動詞用，是「秋了」、「秋老」的意思。如此，「海角秋」才能對「西風約」。

　　第五、六兩句是頸聯，同時又是「轉」的位置。前面四句，借重事典與物候，將「重九」和「客愁」呈現了出來。現在，則借重了兩個典故，將詩思推向了另一個興愁的境界。

　　第一個典故是「孟嘉落帽」。孟嘉是東晉名士，陶淵明的外祖父（陶淵明的父母是姑表聯姻），也是大司馬桓溫的愛將。重陽節時，桓溫帶著群僚登湖北江陵龍山賞菊，並宴群僚。突然，孟嘉的烏紗帽被風吹落了竟不知道。桓溫就示意要大家別作聲。待孟嘉起身去如廁，桓溫命人把孟嘉的帽子拾起，放在孟嘉座位上。又令文膽寫首詩放在帽子下。孟嘉回座，發現帽子及戲謔的詩，竟不動聲色，待桓溫仰天吟罷：「今朝山行，蒼天眼為憑。參軍落烏紗，不關大將軍。」孟嘉戴好帽子立即笑吟道：「今朝龍山飲，玉液醉人心。秋菊遍地是，烏紗值幾斤？」吟罷，四座嘆服。

　　這典故，咸認是讚美孟嘉的瀟灑儒雅，實則是一個逗樂子的小喜劇。

　　第二個典故就是前文提過的，李白的〈將進酒〉。那是李白在尋求出路處處碰壁之後的一首作品，是一幕人生小悲劇。

　　這一喜一悲，自成對照。且隱喻得不落斧痕。不過，從這小我的悲喜中，可以聯想出兩個大悲劇來。一是東晉的迅速覆亡；二是盛唐的光輝已開始暗淡。所以，這一聯「轉」得深

沉而淒涼。但「為誰」二字，可考慮換作「誰家」，似更搖曳生姿。（《紅樓夢》第50回寶琴有：「何處梅花笛？誰家碧玉簫？」之句。）

此詩尾聯，係詩的頂點，整個「感懷」都歸結在這兩句詩中。如果沒有這兩句，前面的六句便成了無主遊魂，沒有安身立命的地方了。

這裡有個出自《晉書・張翰傳》的「蓴（音純）鱸」的典故。西晉永寧元年，齊王司馬冏執政，徵名張翰為大司馬東曹掾。當時天下已亂，但不去不行。次年秋天某日，張翰因見秋風起，藉故想起故鄉吳郡的菰菜、蓴羹、和鱸魚膾，便說：「人生貴得適志，何能羈宦數千里，以要名爵乎？」因此作歌曰：「秋風起兮佳景時，吳江水兮鱸正肥。三千里兮家未歸，恨難得兮仰天悲。」於是棄官還鄉。不久，齊王司馬冏兵敗，張翰得免於難。因此，世人都認為他的棄官很有遠見，該走就走。

所以，就「蓴羹鱸膾」這個典故言，丁穎先生是「余取所求」的取用了典故的後半，不是全部的合榫。

詩歌是時代的記憶，以上二詩，便是明證。而更可以從中體認到他對傳統及現代詩詞都下過真工夫。另從前文提到的〈詩的誕生〉的片段，又可看到他的路數已「變很大」。比較之下，還是以前的「好玩」。

民國105年2月26日

附錄六：從冬眠的蛹到飄逸的蝶
——台灣詩人丁穎先生詩作漫議

陶保璽

　　窗外積雪皚皚，窗內寒氣襲人。窗前我再次捧讀丁穎先生的詩集《第五季的水仙》，卻頓感寒意盡消。一種心靈聲力與震動感彌漫於我的周圍，甚至滲透進我的肌膚與胸懷。這時，我仿佛看見雪中梅林叢間飛出一群翠鳥，令人叫奇。呵，它是那樣的純情感人。忽而，我確乎行進在坎坷的石路上，層層青山，叢叢綠樹，霧霧迷茫，小道蜿蜒，綠意濛朧，清幽怡人。象外之趣的韻致中，似包容著更為高遠的內蘊。忽而，又突發奇想，何時有緣與丁先生相攜於夏日的傍晚，共同彼著落日的餘輝，小憩於涼亭，品嘗那初覺平淡元奇，略有甘甜，飲後方覺醉人的黃山雲霧香茗呢？……

　　丁穎的詩作，充溢著由蛹而蝶的期盼！誠如他的詩友方艮所云：「在詩的國度裡，他是一隻飄逸的『蝶』；在生活的斗室裡，他是一隻掙扎的『蛹』，讓命運繭因繞了二十年」（《扉語》）。那麼，詩人丁穎又是怎麼從冬眠的蛹，羽化而為飄逸的蝶呢？這值得玩味。

先看他寫成於50年代初期而又引發本文寫作的一首短詩
《蛹》：

「有人說：只待一聲迅雷／你就可脫穎而出了／／但你
依舊困於一團漆黑／困於冰封的土層之下／連踢一趟拳腳，或
／抒展一下腰身都是不可能的／唉！什麼時候才是春天／才
是陽光閃耀的日子／／你本來是應該飛的／只是缺少一聲及時
的春雷／以及，一場軟綿綿的春風細雨罷了」。不難看出，這
裡有一位渴求自由的靈魂，在向人們袒露他閃光的靈性。在生
活的困擾中，他希冀春天的來臨，希冀自由自在的飛翔。由蛹
而蝶，實屬普通人生命歷程的一種升華。當然，也是藝術家生
命歷程的一種「羽化」。也就是在這種契合點上，這首短詩體
現人性的深度。應該說，當時尚屬年輕的詩人，能把自己的創
作，放在這樣的制高點上起步，是頗為艱難的。「蛹」的切入
點或聚焦透視點的選擇，標志著詩人直感和直覺的敏銳。它無
疑有利於詩人人生經驗和人格力量在詩中得以最大限度的提
升、凝聚乃至突然的爆發。而現代詩的創作，往往就是對意象
的捕捉與創造，直接進入智性的認識。現實生活中，《蛹》
實在是平凡不過了，作為意象入詩，便讓它超越了客觀實體，
飽含著生命意味，從而在藝術化過程中，讓它獲得了單純而豐
厚、明朗而含蓄的審美效果。在這裡，至關重要的，乃是詩人
生命感悟中的審美直覺，同蛹的果厄在剎那間的撞擊和融合。
透過蛹，詩人看到了人生的生存狀況，感受到它與人類精神的
相通。對蛹的發現和抒寫，實在是詩人自身生命流程的感悟，

是詩人艱難跋涉所積淀的生命體驗。

在丁穎先生眾多詩篇中，我比較看重這首《蛹》，還在於它蟬明地昭示出：在多種文體中，詩與哲學看來緣分最深。哲學命題涵蓋全字，而核心則在於對人自身的反思。在茫茫宇宙中，人的歷史位置和命運究竟何在？詩的審美觀念，無論其所表現的是何題材，最終的歸宿，總也跳不出對人的自身進行反思。基於此，我以為感情或妙悟對一位詩人，抑或對一首詩的成型，都是極其重要的。因為「悟，乃是一種自由的、內動的、深層的思維活動，是一個知覺融於感覺的思維世界：外界種種信息，渾然於心，自我醞釀，頓然妙悟，如雲破月出，而又淡煙輕籠，似明非明，美絕妙絕，可意會而難言傳」。（語出自餘樹森：《散文的審美反思》。此處轉引自畢光明暮：《文學復興十年》第253頁，海南出版社，1995年12月版）令人欣喜的是，詩人丁穎由此前進，他對詩藝的探求，便自然會取得較高的成就。可以這樣說，有頓悟的詩，便是會「飛」的詩，它將以體現人性的深度見長，而被人傳誦於世！

如果說詩是詩人特定生活狀態中某種最活躍的生命形態一種升華的定格和展示的話，那麼可以說，沒有一位詩人不對特定空間中的時間流逝投入極大的關注。實際上，人類世界，根本沒有一個人能夠穩據空間的某一種形態或某一種高度，而不被時間推倒或擊得粉碑。時間無情亦有情。它似乎對詩人更情有獨鍾。真正的詩人往往都毫不例外的以詩為生命，以詩的高翔，來拓寬心靈的領空；以詩的瞬間定格和熔鑄，來提升

生命的含金量；以詩歌藝術的臻於完美，來抗拒人世間的種種
缺憾；以詩的赤誠與生命底蘊的純真，來填補人類精神荒原與
虛幻。同時，對時間的關注，從詩創作的視點上看，也是使詩
溶入歷史深度的一種必要的方略。正是在這樣的視點上，丁穎
先生的詩，似乎較其它詩人更為重視對時間的補捉和關注。以
「歷時性」的詩思運行，來貫穿整部詩集，甚至以較多的「月
份」嵌進詩題，這便構成他的詩一個極其鮮明的特色。為理清
丁穎先生的詩路歷程，這裡似有必要用最為笨拙的方式，來逐
月剖析一下他的詩。請看：

　　「一月，飄著迷蒙，布谷鳥的歌聲遲遲／春的眸子，藏
在百葉窗後──」「露凝結暮，微笑凝結著。夜／更濃了，那
個拿撒勒人的鄉愁／更濃了！」（《走在霧中》）──詩人丁
穎髫齡失怙，養於舅氏；抗戰時期，曾負笈他鄉；爾後滯留台
島，清貧自守。心靈的苦網與思鄉情懷，自在不言中。他曾說
過：「那一段時日詩作特別豐富，其題材和內容除青年人追求
的愛情，就是一個浪跡天涯遊子的鄉愁！我曾在自己早期《文
拾集序》裡這樣寫著：『苟性命於亂世，閒以詩詞自娛，偶有
操瓠，乃抒異鄉之情懷，慰客邸之寂寞耳』！」（《詩路風雨
行──〈第五季的水仙〉大陸版自序》，見（開封大學995年
第2期）足見其心路歷程。這種思鄉情結，後來在《碧潭》一
詩中，得到了更為淋漓的塗抹：「有誰知我曾來此稍立／任憑
煙波上，笑語歌聲蕩漾／而我無心解纜，只怕流浪人／的鄉愁
／壓沉了那舴艋輕舟／因而，我悄悄地來／又悄悄地去／依然

懷著濃濃的鄉愁／以及，異鄉人的孤寂」。這裡，由於融入了李清照的詩意和徐志摩的句式，更便濃重的鄉愁增添了幾分蒼涼與苦澀。

「二月。踩著檸檬色的夜／走過古老山鎮的街頭／旋轉，綠色的裙裾飄響／汩汩的芳郁，溢自／鵝黃的襟花／長長的睫毛下／小息過寂寞的旅人」。「於是，年輕的詩人啊／冰封的夢土中／種以玫瑰色的歌／且以一管蘆笛／吹來雲中的風鳥」。（《春的行踪》）「我憶及二月的風姿／憶及我右邊的影子」「你的微笑甜甜／湖畔的黃昏靜靜，小石橋的／雕欄畔，有凝香冷結／而玫瑰徑上，我們的笑語紛落」（《憶及二月》）——如果說上面我們提到的那首《走在霧中》除表現濃重的鄉愁外，還表現出人生希冀的迷茫感的話，即如存在主義哲學所闡釋的，「人是被突然投擲在時間的湍流中，廣漠無際的空間裡，我們既个知道生命的源頭，也不知道生命的歸宿。我們就是如許漠茫地生存在有限宇宙的制約中，我們既不能抗拒，也無法預計自己的生命。於是，我們就像走在霧中，追捕那些綠色的希冀，但綠色的希望一如霧般的飄緲。」（周伯乃：《憂鬱的詩人——丁穎》），那麼，這裡的兩首詩所表現的則是突破霧障後的一種追求愛情的執著和獲得愛情時的甜蜜與喜悅。這種執著追求，成了丁穎詩創作的主旋。他不僅服膺於詩人麋賽的名言：「人生除去愛再沒有人生。」（《西窗獨白》第173頁）而且他自己亦不只一次說過：詩，愛，友誼，乃是他「生命的三弦」，或「生命的三大扶手」。（參閱《丁穎

自選集》第89、98、137頁）正是這種主旋，奏出了人類生命的
情感世界裡最為輝煌而又瑰麗的樂音。詩人自身生命的尊嚴、
價值和意義，亦在其中得以淋漓盡致的體現，生活情趣和文化
涵養，亦無疑融合期間。詩和愛成了詩人丁穎的生命支柱。

　　「三月，就在那麼一個浪人懷念的三月／不知是誰／殺死
了我們的詩布谷／暴奪了我們的詩蓓蕾」（《三月的懷念》）
「這是三月，風柔柔地，暖暖地／花笑著，別在這個季節裡憂
凄，否則／否則哪！春天是會害羞的」（《你在想什麼》）
「在此文藝小聚中／我是為你而踐約的／去國三月，你更美／
我的鄉愁更濃（《重逢》）「三十四只人生的小銀盞／斟滿流
浪與戰爭／沒有綠醑，也沒留住／江南的三月」「舉起三十五
盞生命的杯／該讓泯滅的影子重現／把憂郁與憤怒一飲而盡」
（《失落的存在》）──生活的道路，從來就是坎坷的。這裡
有苦難，有暴虐，有流浪，有戰爭。盡管詩人期望用熱烈而痴
迷的愛去加以排解，但憂郁和憤怒卻又始終揮之不去。他在一
篇題為《三月，一抹綠意》的散文中這樣寫道：「我真像一只
冬眠的蛹，沉睡在自己的世界裡。如果不是你，嫩，！我幾乎
忘記這是三月。你說『三月，是歌唱的季節，別老讓生命塵封
於暗啞的蒼白。真謝謝你的提醒。捧著你的雪箋，打開那方緊
閉的小窗，我彷彿嗅到一鏤報春蘭的芬芳。同時窗前那株牽牛
花也已布葉結蕾，一抹新綠映進我的窗子，也映進我的心靈。
春天近了，我這只冬眠的蛹，什麼時候能變成蝶兒，飛翔於遠
方花叢間，飛翔於一個綠色的世界呢？」「應該點燃自己，踏

著一串血的腳印向人生的里程前進。」（《丁穎自選集》第156、159頁）勿須多加解釋，這段話不僅是對前引詩章的最佳詮釋，而且也是詩人丁穎整個人生道路和藝術追求的最好注腳。由蛹而蝶。詩人的生命歷程和藝術心靈，就是在這種執著追求中次第展現。尚須說及是，丁穎在以大量篇章表現愛情題材時，不單是以此表現對人生苦難的慰藉，而是以此為動力，去揚起生命的風帆，迎擊生活的磨難。我肯定他的這些詩作，便基於斯。

　　「四月的歡笑」「綿綿的戀情」（《山》）「四月的風，飄落音樂的小翅子」「我伸出雙手，迎接／藍色流燕銜來的南台灣的春」「坐在綠島的涼棚下，我開始紡織／一束綠色的夢」「在飛紅繽紛的雨後斜陽下／拍一幀春的流照，以及一個笑的／記憶」（《失落的四月》）「微雨過後，你我／相語於泥香的花徑／我驚喜，這四月的黃昏／是如此醉人，如此美」「燈色柔柔，低語娓娓／生命的旋律是如此美好／從你閃閃的眼波／隱隱地，我窺見春的投影」「當歲華隨風影而逝／此去三千年，嫩哪／有誰會記取我們的初晤／記取這四月的玫瑰徑上／有你羞澀的淺笑／有我半痴半醉的驚喜」（《初晤》）「怎不見你家梁間的小燕子，在這／風雨的日子，在這慵懶的四月／捎一葉毋忘我的信息來呢」（《雨的聯想》）「當生命　視向我／從顫抖的回顧中，從拋在背後的／足印裡，搶回一些褪色的感傷／一些淡淡的情愁／我會記得，水上的歌／記得你的名字寫在燃燒的聖誕花裡／你的眸中，映過流浪人的存

附錄六：從冬眠的蛹到飄逸的蝶

在／映過四月天的紅暈」（《秋收之后》）──這裡，我們摘
最的詩句已夠多了，而集中到一點上，那就是在詩人丁穎的月
曆卡上，「四月」該是最為明朗、亮麗的月份了。它充滿美好
的記憶和對愛情的沉醉與溫馨。最能撼人心魄的，那便是他與
後來成為他夫人，同是詩人和畫家的亞嫩女士的「初晤」。必
須指出，50年代中期，紀弦在台灣籌組現代派，倡導現代主
義，曾使現代風席眷海島詩壇，丁穎雖被列入現代派名單之
首，但現代派詩風僅在詩的創作形式上給了他一定的啟迪，而
在詩的精髓方面對他影響並不大。人所共知，現代派的詩的詩
觀為：主張橫的移植，強調知性，揚棄傳統及抒情。而丁穎則
認為：「在創作形式上及表現手法上，可脫離傳統詩的窠臼，
而詩的內涵揚棄中國詩的精髓，是值得商榷的。尤其在創作過
程中，要作者完全揚棄感情也是不可能的。任何一首作品，如
沒有作者的感情存在，那即是一堆沒有生命的冰冷文字，無
論這首詩理念多麼崇高，形式多麼完整，也只是作者思想的
告白，它的感人度及可讀性是值得懷疑的。」（《詩路風雨
行》）應該說，上述詩篇，是丁穎對自己理論主張的一種有力
實踐。就詩創作的總體格調而言，他鮮明的個性及情愫，加之
人生理想的主動介入與滲透，便使他的詩蘊含著浪漫主義的精
魂。儘管他有些詩在表現社會人生方面現實感較強，有者甚至
表現為以現代主義的方式去表現對人類生存果境的探究與思
索，但其基調仍然是浪漫主義的。無疑，在這支浪漫主義的協
奏曲中，愛情成了它的主旋律和最具華彩的樂章。豈不是嗎？

愛情，這一文學永恆的母題，儘管在現代社會，曾遭到各式各樣的扭曲或玷污，但它卻變幻著面貌，以特有的魅力迷酣著世人。無論是東西文化，可說說，哪裡有真正的愛情，哪裡也就會產生真正的文學。愛情包容著人類生命中最原始的欲望和沖動，但更重要的卻又是人性中最深層次的最具風采的歸依。無論是普通人抑或詩人、作家眼裡，「愛情」這個瑰麗的詞語，都意味著幸福與甜蜜，理想與神聖，甚至意味著全部生命自由和整個生命世界。因此，愛情與浪漫主義便有了不解之緣。如果說，人生中的苦難多於幸福，那麼愛情與浪漫，便成了人生跋涉中的片片綠洲和迷人的彩虹。它可以消解人生旅途中的種種煩憂、疲憊、粗俗和無耐。愛情、夢幻、青春、理想、生命、浪漫，這正是在堅實現實土地上生長起來的叢叢綠樹，詩人在期間該會擷取多少飽含詩意的綠葉啊！——丁穎詩歌的真正歷史價值，我想，最主要的也許正是在上述兩個方面帶給人們以深刻的啟示。

然而，一位詩人尤其是一位優秀的詩人，他絕不會把自己的目光圈於自身的悲歡與苦樂，他必將把視線投向對民族命運和更為廣範的社會人生關注。這樣，他的詩才能在醞大的範圍內激起有同樣思想和感受的人產生強烈的共鳴。令人欣喜的是，丁穎正是這樣的一位詩人。請看：「當我走過五月／總愛戴一朵燃燒的榴花／一葉絨絨的黑艾／於是我便想起那個懷沙人／⋯⋯／而悄悄地把一些角黍／投入茫茫的烟波，而且／低吟著九歌，召喚那／烟柳長堤縈繞的夢魂／／如今，又是五

月／又是桃紅艾綠的五月。／島上人，正忙著收割女子的三圍／忙著給纖腰玉腿攝照／沒有誰再記起三閭大夫的哀愁／記起那泣咽的國殤」（《五月祭》）這裡，不僅袒露出詩人在特定的時空中對偉大愛國主義詩人屈原的緬懷之情，而且更重要的則體現出詩人對現代社會文明病態表徵的一種深層思索：置身在端陽節這一民族節日的氛圍中，詩人的哀愁卻無人問津，胸中都積著「憂國傷時的悲憤」（《丁穎自選集》第187頁）面對苦難的時代，悵望陸沉的神州，詩人感慨萬千，而世俗社會的人們，卻忘記了國殤，在「忙著收割女子的三圍」，「給纖腰玉腿攝照」！反差實在是太巨大了。無怪詩人在一篇題為《秋》的散文裡，這樣發出感慨：「也許有人說，我們已是一個文明的社會了。是的，我們穿上大禮服，多像一個紳士（或淑女）多像一個文明社會裡的過客。但是在華麗的衣服裡面，誰敢說沒有獸性？衣服的文明，掩蓋不住罪惡的繁榮，我們的德性已被泛濫的物欲給放逐了。不是嗎？有心人正在喊"道德重整"，可見我們是生活在一個多麼危急的漩渦中。倘若我們再不從靈魂的深處喚醒我們自己，也許有一天我們會被物慾所泛濫的急流淹沒。我們實在需要幾個"妙手回春"的醫生，來醫治我們這個神經錯亂，四肢癱瘓的社會了」。（《丁穎自選集》第119頁）可惜，詩人發自肺腑的呼聲，在「晚世的風俗僅節日趨詐偽」（盧梭語，同上第125頁）的時代裡，並未引起更多人的注意和警覺。或許是因為詩人深感自身力量的不足，他筆下幾首與五月有涉的詩（諸如《火柴杆的悲哀》、

《五月之夜》、《五月》、《醒來的薔薇》等）便沒有在《五月祭》所表現出來的思想向度方面去進行更深層的開攄，因而顯得份量不足。甚至在某種程度上又回到了自我感傷的小天地裡去。但在以《六月》為題的詩中，詩人盡管嘆息「整個六月，我是寂寞的」，卻畢竟又讓自己失卻的熱情「燃燒起來」，於是創作出像《六月之旅》那樣為人稱道的作品來。

　　「浮游，點與點之間／而我，竟是一孤然的渡者／用一柄銀色的小匕首／劃一道閃亮的弧，輕輕地／將兩極銜系於我的足音裡／然後，就這麼／滿意的含笑離去／……／對那些否定／那些否定之否定／我無言／在如金的靜默中，透過幽的蒼冥／從半成熟的季節裡，從淺黃的／葉隙間，我窺見成長的生長／馱負著沉重旅程／……」據詩評家周伯乃在《憂鬱的詩人──丁穎》一文中介紹，本詩寫於1960夏，最初發表於次年三月，周還認為它是「具有深厚感情的現代詩」，說「這首詩是純感性的詩，他寫出人類生命的過程，也寫出了在這過程中的種種現象。」期間有「詩人對自已的生命的企求，他期望能有一次閃亮的日子，然後滿意地含笑離去」，亦有對人生旅程「隱含著多少血淚」、「多少辛酸」的抒懷，同時它還道出了「人生如過客」的生命循環的定律。對周公的論斷，我是執贊同意見的。但在此，我還想做幾點補充性質的說明：首先，所謂現代詩中的「現代」，若不單純地把它視作時間概念的話，我們刖以為它是包含著一定的價值內涵，那便是對固有的藝術傳統的拒斥與揚棄，

對藝術審美情趣充滿個性的執著，以及對簡單的、政治化的集體性和社會性意識形態的輕蔑和否定。而丁穎的這首詩盡管含有較豐富的「現代」質素，但卻仍閃射出人生理想的輝光，仍顯露出質朴無華明麗的藝術格調，也就是說，它並未拒斥與揚開詩人自身早已形成的浪漫主義的主旋律，在一定程度上還表現為浪漫主和現代主義的聯姻。這樣較易於為更廣大的讀者屬所接受。其次，「六月之旅」，實質上便是時間之旅，是詩人「時序情結」的寫真。而時間的推移，不單對一位自稱是「流浪漢」的詩人來說，特別使之敏於感觸，易於激發詩的妙悟，而且說到底，這在人本意義上便是一種對人類自身的極關懷。同時，「時序情結」本身便意味著對未來的憧憬，對過往歲月的懷想，亦意味著對生的關切，對死的探幽。藝術大師羅丹曾說：「好的作品是人類智慧與真誠的崇高証據，說出一切人對於人類和世界要說的話，然後又便人懂得，世界上還有別的東西是不可知的。」（《羅丹藝術論》第99頁）丁穎的這首詩，也許正是在這種意義上展示了人性的深層內涵，因而才獲得了未曾意料到的成功。再者，特別值得一提的是，這首詩無論就是其思想意蘊而言，還是就其詩思運行所造成的藝術氛圍而言，在丁穎整個詩創作歷程中（主要是五、六十年代），它都標誌著其詩的質地完成了一次由「蛹」而「蝶」的羽化或轉換；內容上由對愛的歌吟而轉向對人生探幽；藝術上由浪漫主義的主旋律轉而為浪漫和「現代」聯合協奏。

行文至此，我想已無必要再繼續去按時序逐月剖析丁穎所寫的其它那些嵌有月份的詩作，因為就其詩思的內蘊來說，它們都可納入上述種種範疇。現在，我要說及的，則是丁穎詩作的另一鮮明特點，即在「真摯與柔美之間」，更多的滲透著淒美；在「直率與妙悟」（彩羽語）之中，躍動著苦難美的精魂。大凡年輕時避居台島的詩人，多數都有一種文化傳統的斷裂感和故國家園的失落感。海峽兩岸隔絕的痛苦，致使詩人們大多都有懷鄉的愁悵和孤寂的悲哀。「兩種形態，兩種制度／兩種不同的生活模式／寫下歷史上從不曾有的／人倫悲劇」（《兩岸》）同時，也為詩人們寫下了一首首淒切纏綿的悲歌。生性真摯、熱忱、博愛、多情而又淡泊、憂郁的丁穎，在半生憂患，顛沛流離的坎坷人生之旅中，生活的磨難便自然造就了他生命內核中的悲劇精神，加之他青年時期頗受西洋主義和我國晚唐詩風的影響，並以徐志摩及戴望舒的詩為詩之極致，這便形成了丁穎詩中特具風采的淒美和苦難美。且看他這樣幾首詩章：

　　「涼亭／酒瓶／構成一個渾然／一個無感不覺的存在／把泥土的三角戀／交給歷史的審判者／星空下，我們可以去海上尋夢／再不，就隨十二月的夜風／一同去流浪吧」（《失題》）本詩寫於1960年歲尾，在一個無月之夜，詩人同幾位文友秉燭飲於碧峰山之涼亭，「僅桔酒一瓶，花生米一包。天外寒星窺人，山中林風蕭蕭，頓感客歲易凋，國事難危，乃席地成此詩，以抒胸中之塊壘」（《后記》）。不難看出，前四行中涼亭、酒瓶的渾

附錄六：從冬眠的蛹到飄逸的蝶

然「存在」，實際上是在寫因內心十分淒楚而表現出的一種靜穆與緘默。之所以在文人小聚時亦毫無歡愉之情，則在於海峽的阻隔，所造成的「三角戀」帶來諸多淒苦與困惑。然而窮愁潦倒的詩人又能怎樣呢？尋夢也罷，流浪也罷，都無濟於事。詩人心中唯有無耐與苦澀。「交給歷史的審判者」——歷史造成的苦難，今人無法解決，也只有「交給歷史」了！淒楚中滿蘊著憤懣，悲涼中不乏追求美的力度。——正是這種渴求祖國的統一，與追求美、追求幸福的強烈意義，使這首抒寫「買醉荒村」的詩，於淒切纏綿之中增添了些許亮色。

再看1966年春，詩人在一次關於現代詩的演講歸來路上，「於寒風的呼嘯中，在寂寞的路燈下」，而草成的一首小詩《鳳鳥》：「紅露酒的朦朧裡／鼓蕩起好多欲飛的／小翅子／試著超越，且獨步／而我，只是只沙啞／脫羽的鳥／掠過白色的火焰／投影於夜的寒風／逐想起街頭出售無耐的／聖者／在孩子的奶粉與妻的眼淚裡／『現代』亦被壓縮得畸形／且枯萎了啊。」盡管詩人深切地痛感自己在人生旅途中，恰似一支置身在凜冽寒風中的「沙啞脫羽的鳥」，卻又絕不向淒苦的命運屈服，而是滿懷希冀，企盼著自己的詩與那些對詩歌藝術有著深厚興趣和狂熱的青年們成為一支支「鳳鳥」，對詩歌現狀有所超越，且能「獨步」詩壇。這裡，讀者所能感受到的，我想已不單單是一種詩的苦難美，而應該是一種人格的力量了。

魯迅先生曾說：「生命力受到壓抑而生的苦悶乃是文藝的根抵」。艾青則說：「苦難比幸福更美。苦難的美是由於在

這階級社會裡，人類為擺脫苦難而鬥爭。」具有表現苦難美
的詩，往往能給人以濃重的滄桑感，它往往在揉和著社會境遇
與理想衝突時所產生的無耐與哀傷中，更在綿裡藏剛中滲透著
深劇而豐富的社會內涵和生命體驗。這實際上是詩歌藝術較難
抵達的一種極致。應該說，丁穎先生的部分詩作，成功地達到
了這樣的境界。詩人自己說過：「一個人能忠實的生活，在
苦難中磨煉生命的光華，常保持一種高度的清醒，像站在橫
木上的金雞，面對黎明歌唱著讚美他的生活，他是一個了不起
的人」。（《丁穎自選集》第244頁）丁穎正以這種姿態，攜
同他的夫人亞嫩女士，在人生長途上營造著一個又一個「驛
站」：「……不管風裡，雨裡／妳一如傲霜花的安然寧靜／／
每次，看著妳的身影消失在／黎明前的夜色裡／我就有一份羞
澀／想想：妳是去采摘朝輝的／踏著軟軟的腳步歸來／兜著一
裙裾的希望，以及／滿藍子的喜悅／妳蒼白的臉色，在孩子們
的／笑聲裡，遂有了紅暈，於是一些些欣慰亦自我的／心底升
起／步過今日，不再／有風霜、雨露／走在前面的，是／陽光
的歡笑／春的歌」（《驛站》）明明是艱難歲月的炙熬，起早
貪黑的搏擊，但相濡以沫的夫妻卻能共同肩起生活的重負。堅
韌不拔的生命力化為詩意蔥蘢的情境，其中不但有著神聖感情
的升華，而且獨具民族風彩的家庭圍景和人物肖像亦惟妙惟肖
地活畫出來。巴金老人說過：「我們要飽受痛苦，痛苦就是我
們的力量，痛苦就是我們的驕傲」。著名的美學家李健吾也說
過：「苦難正是每個創造者的本分。」（分別見《咀華集》第

44、58頁）不難看出，丁穎正是一位以苦難為力量，以苦難為驕傲，同時又善於將苦難化為苦難美的詩歌「創造者」！這在當今的詩壇上是極為難得的。藝術大師羅丹有云：「衣食不足，不滅甚樂，而以智者的態度享受眼與心靈時劇遇到的無數神奇」。又說：「藝術向人們揭示人類之所以存在的問題：它指出人生的意義，使他們明白自己的命運和應走的方向。」（《羅丹藝術論》第126、127頁）我想，這種藝術觀，正是支援丁穎戰勝苦難的精神支點。同時，也是他化苦難為苦難美的精魂之所在。

丁穎詩作的可貴之處，還表現在，它不寄希望於社會革命的方式來完成由蛹而蝶的轉化，而是企盼著以對愛與美的追求，對人性深層發掘來實現由蛹而蝶的羽化。為此，他的作品看似滲透著人生的直接經驗和感悟，近乎是貼近現實生活中的拓印，而實際上則是詩人在俯瞰萬里紅塵後對平凡物事的一種藝術提煉，是詩人靈視的掃描和自身靈魂的袒露。這一特點，表現在那些為數雖然不多，而政治色彩卻較為濃厚的詩中，則更為突出。姑且不論《春的感知》和《春醒》這兩首短詩，它們當年誰剛創刊的《詩潮》上問世時，便遭到誣陷性的批判，並在台灣詩壇引發了鄉土文學的論戰，單就《不題之作》和《黑色的蠱惑》兩篇。

詩作而言，亦可見其一斑。先看前者：「日正中，看那些／旗語們，壓縮復壓縮／以一窒息而癱瘓的姿／向前伏行著／有人在兜售──／失去言語的言語／失去悲哀的悲哀／而

那頭，凝眺的石獅子／沉默依舊／他知道，當時間燃亮藝術家／的眸子／整個的，二十世紀的憤怒與苦悶／乃朗然豎立」面對二十世紀的獨載統治，面對遍地謊言的喧囂，一位清醒的而又為民族命運和前途擔憂的詩人，能不充滿憤怒與苦悶嗎？在他眼中，只有似同《紅樓夢》裡賈府門前的石獅子，才是乾淨而沉默的。這使我想起了伊麗莎白‧海森伯在談論德國知識界傳統時所說的一段話：「一個人總是獻身於『高尚』的事業而把航髒的政治行為留給那些次要人物，德國文化的輝煌和德國政治的悲劇都與此一傳統相關。」（《一個非政治家的政治生活》，王福山譯，復旦大學出版社，1987年版）中國傳統的知識分子又何償不是如此呢？儘管他們有著濃厚的為祖國為民族而縈繞心頭的憂患意識，但往往又遠遠地疏離《政治行為》，他們既鄙棄政治家們的奸詐與歡世，更鄙薄強權統治下那種缺乏人格獨立的「順民」的社會定位。《不題之作》所滲透和熔鑄，更多的正是這種人格的魅力。

再看《黑色的蠱惑》：「一些黑色的小精靈／偷偷摸摸地，到處散布著／黑色的蠱惑／我想：這於我何干呢／但它們竟想扼殺一個春天／／可是它們不懂，黑同時非黑／（最簡單的一個邏輯）／那邊不是懸著一顆鮮紅的心嗎／它們沒看見，就說黑是代表／一切色彩的。除非讓我也變成色盲／否則，我怎能也如此說呢？／／噢！那些黑色的小精靈／到處散布著十二月的謠言，／到處散布著黑色的蠱惑」——五十年代的台島，實行的是高壓政治，謠言蜂起，特務如議，市儈橫行，致

附錄六：從冬眠的蛹到飄逸的蝶

使渴求民主與自由的詩人，深感壓抑、鬱悶、惶惑與不安，但他們那顆鮮紅的心，畢竟標誌著他們「一群具有民族文學良心的赤子」。（《詩路風雨行》）面對妄圖「扼殺一個春天」的卑劣行徑和種種骯髒的政治行為與交易，能無動於衷嗎？——而這恰恰表明詩人的眼光是何等的敏銳與犀利！巴烏斯托夫斯基在《金薔薇》中說過：「不能給人的視力增添一點點敏銳，就算不得作家」。我們讀丁穎的上述多篇詩作，往往都能為其中的亮點所感染，所感動，並從中汲取一種精神滋養和藝術上美的享受，乃至受到人格力量的震撼。這也正我們對其嚴肅地創造性勞動所執贊實態度的根本原因。從這個意義上說，丁穎的大多數篇章，又具有著強烈的現實主義品格和質素。因為這些詩「沒有奇幻的、空想的、虛偽的、想入非非的東西；它整個浸透著現實；它沒有給生活的面貌塗上脂粉，它只是把生活本然的、真正的美顯示出來」。（別林斯基評價著希盒譜）也正是在這一點上，我們說，丁穎的某些詩，是經得起歷史打磨和時間洗禮的。

在丁穎詩中，我們還看到一些寫得灑脫、逼真，近乎孩子式天真且充滿對生活的憧憬與對理想追求的作品。這使他彷彿忘記了現實生活給他帶來的難辛與淒苦。而他這種童稚般純真、透明的理想，又往往與自然美相貼近，相融匯，相契合。請讀讀這樣兩首短詩吧。

其一：「是誰，偷偷地／把秋剪貼於少女的雙頰／於是，整個的宇宙都醉了／以全燃的感情／以西風的姿」（《紅葉》）

其二：「不是輕紗，亦非淡烟／而是心靈的抒展──／一朵小詩蕾醒來的朦朧／一種不可觸及的／生命的美」（《霧》）。

應該說，前一首《紅葉》寫得極為精粹。它藝術構思精巧，而且感情內蘊頗豐。詩中雖沒有杜甫詩中「赤葉楓林百舌鳴」、「玉露凋傷楓樹林」那種明麗曠達的胸懷和故國之思的心境，亦沒有杜牧筆下「停車坐看楓林晚，霜葉紅於二月花」那種爽朗俊逸的情調，但卻著雖嘆息歲月易逝則從幽默而喜悅處著聿的靈幻，有著因自身思想和藝術日趨成熟而產生的慰藉與沉醉。當然更有著藝術表現方面的奇化和陌生化。這就使他的詩在處理不勝枚舉的相同題材時，表現出「能從慣見的平凡事物中見出引人入勝的一個側面」。（歌德語）後者，原是詩人為一位朋友所畫的托以霧景的曇花而寫的題畫之作。它同樣耐人尋味。五行詩不僅再現出畫面上的景觀，更披露出詩人對詩歌藝術應具有朦朧的美一種執著追求及時「生命的美」所做的熱烈溫歌。這類詩雖然均以象徵主義的表現手法出之，但卻沒有絲毫迷亂和虛無。它是在承繼傳統中吸取意象主義表現的成功範例。這一點，對今天的某些「先鋒」或「前衛」詩人來說，我想是很值得加以借鑒的。即就詩的語言而言，丁穎使用的語言，鈍系由日常口語中提煉精選出來的高精度的語言。如果說日常口語猶如人們走路時自然動作，那麼，詩的語言則是精彩的新技動作或健美操表演。它更具有高度心靈化和個性化的特點。當然，它既有對行走等範式動作的承襲，更多的卻是偏離和超越！否則，又怎能出現諸如雜技、體操抑或舞蹈等藝

術形式呢？

　　總之，讀丁穎先生的詩，自然會產生一種繁花滿園，春溢庭院，流水叮咚，聲震窗簾的美感。其情致之生動，意象之精妙的較高造詣，使他的詩堪稱中國五、六十年代期間所誕生的現代詩的佳構。但丁穎詩中畢竟少有那種能夠震蕩千古的黃鐘大呂般的恢宏氣象，亦鮮見那種能站在一定歷史的制高點上，取其與佛大時代相應的氣度，並具有既能折射人類心靈又能對社會生活有強大穿透力的鉅制力作。丁穎在人生歷程和詩路跋涉中，完成了由冬眠的蛹到飄逸的蝶的幻化，他能成為高翔的鷹嗎？我們期待著。

　　　　　　　　作者：淮南師範大學詩歌研究所長陶保璽教授

語言文學類　PG2218　秀詩人51

雪鴻集
——丁穎詩集

作　　者／丁　穎
責任編輯／杜國維
圖文排版／林宛榆
封面設計／楊廣榕

發　行　人／宋政坤
法律顧問／毛國樑　律師
出版發行／秀威資訊科技股份有限公司
　　　　　114台北市內湖區瑞光路76巷65號1樓
　　　　　電話：+886-2-2796-3638　傳真：+886-2-2796-1377
　　　　　http://www.showwe.com.tw
劃撥帳號／19563868　戶名：秀威資訊科技股份有限公司
　　　　　讀者服務信箱：service@showwe.com.tw
展售門市／國家書店（松江門市）
　　　　　104台北市中山區松江路209號1樓
　　　　　電話：+886-2-2518-0207　傳真：+886-2-2518-0778
網路訂購／秀威網路書店：https://store.showwe.tw
　　　　　國家網路書店：https://www.govbooks.com.tw

2019年3月　BOD一版
定價：330元
版權所有　翻印必究
本書如有缺頁、破損或裝訂錯誤，請寄回更換

國家圖書館出版品預行編目

雪鴻集：丁穎詩集 / 丁穎著. -- 一版. -- 臺北
　市：秀威資訊科技, 2019.03
　　　面；　公分. -- (語言文學類；PG2218) (秀
詩人；51)
　　BOD版
　　ISBN 978-986-326-663-1(平裝)

851.486　　　　　　　　　　　　108001866

讀 者 回 函 卡

感謝您購買本書,為提升服務品質,請填妥以下資料,將讀者回函卡直接寄回或傳真本公司,收到您的寶貴意見後,我們會收藏記錄及檢討,謝謝!
如您需要了解本公司最新出版書目、購書優惠或企劃活動,歡迎您上網查詢或下載相關資料:http:// www.showwe.com.tw

您購買的書名:_____

出生日期:_____年_____月_____日

學歷:□高中 (含) 以下　　□大專　　□研究所 (含) 以上

職業:□製造業　□金融業　□資訊業　□軍警　□傳播業　□自由業
　　　□服務業　□公務員　□教職　　□學生　□家管　　□其它_____

購書地點:□網路書店　□實體書店　□書展　□郵購　□贈閱　□其他

您從何得知本書的消息?
　　□網路書店　□實體書店　□網路搜尋　□電子報　□書訊　□雜誌
　　□傳播媒體　□親友推薦　□網站推薦　□部落格　□其他_____

您對本書的評價:(請填代號　1.非常滿意　2.滿意　3.尚可　4.再改進)
　　封面設計____　版面編排____　內容____　文/譯筆____　價格____

讀完書後您覺得:
　　□很有收穫　□有收穫　□收穫不多　□沒收穫

對我們的建議:_____

_____

_____

_____

11466
台北市內湖區瑞光路 76 巷 65 號 1 樓

秀威資訊科技股份有限公司 　　　收

BOD 數位出版事業部

⋯⋯⋯⋯⋯⋯⋯⋯⋯⋯⋯⋯⋯⋯⋯⋯⋯⋯⋯⋯⋯⋯⋯

（請沿線對折寄回，謝謝！）

姓　　名：＿＿＿＿＿＿＿＿　年齡：＿＿＿　性別：□女　□男

郵遞區號：□□□□□

地　　址：＿＿＿＿＿＿＿＿＿＿＿＿＿＿＿＿＿＿＿＿＿

聯絡電話：(日)＿＿＿＿＿＿＿＿　(夜)＿＿＿＿＿＿＿＿＿

E-mail：＿＿＿＿＿＿＿＿＿＿＿＿＿＿＿＿＿＿＿＿